50歳からの楽しい楽しい「ひとり時間」

三津田富左子

三笠書房

はじめに…「ひとりの時間」を大切に過ごしてますか？

～〝心満たされる最高の人生〟をつくるエネルギーはここから生まれる！

私は、人に気をつかわず、思う存分、自分の好きなことができる「ひとりの時間」が大好きである。

何ものにもかえがたい「蜜《みつ》の時間」だと思っている。

ひとり暮らしとか家族と住んでいるとか、結婚している、していないは関係なく、「ひとり」でいるときを大切に過ごすと、いろんな時間が豊かに息づいてくる。

私は五十歳で夫を亡くし、五十二歳でひとり娘を嫁がせて以来四十年余り、ずっとひとり暮らしを続けている。

しかし寂しいどころか、ひとり暮らしは極楽とばかりに、計画的に、合理的に「ひとりの時間」を大いに楽しみながら生きてきた。

いろんな人がなぜか「あなたの側《そば》に行くと、元気が移るから」と私の周りに寄ってくるが、私自身は元来、人づきあいが苦手なほうである。娘は私のことを「偏屈《へんくつ》一歩手前の頑固者《がんこもの》」と称しているが、人からは、前向きでいつも楽しそうとよく言われる。

また、冒頭から自慢するようで何だが、私は以前から、だいたいいつも二十歳ぐらいは若く見られる。

最近、さらに若くなったと、娘のお友だちに言われた。

というのは、月に一度は出かける日帰りバス旅行のさいの、娘と私のスナップ写真を、娘がお友だちに差し上げたのである。

そのお友だち曰《いわ》く、「あらまあ、あなたのお母さま、以前よりも若くなられたみたいよ。こうして並ぶと、あなたと姉妹みたい」ということだったらしい。

娘は「じゃあ私は九十歳近くに見えるというわけ?」と少々ご機嫌ナナメであった。

「むこうにしてみれば、お母さまのことを誉《ほ》めているつもりかもしれないけど、私にしてみれば、九十歳のおばあちゃんといっしょにされたら気分悪いわよ」とぼやく。

私は内心おかしかったが、「まあまあ、お友だちはそういうつもりで言ったわけじゃあないんだから」と娘を慰《なぐさ》めたしだいである。

「若さの秘密は?」と、よく人に聞かれる。

私としては、年齢のことは脇に置いて、これからの未来を楽しみに描きつつ、いつも目の前の人生を思いっきり謳歌《おうか》すること、そして「ひとりの時間」を大切にすることではないか、と思っている。

何にしても、私のように九十歳という年齢になっても、年齢にとらわれず、前向きに生きていると、楽しみは尽きない。


私は大正元年、旧加賀前田藩の屋敷に生まれ、娘時代はずいぶんと恵まれた環境に育った。

二十七歳で、母親に背中を押されるようにして、植民地統治などの行政を司った拓務《たくむ》省の官吏と結婚。戦後は国家公務員として働く夫と娘と三人で、質素ながら幸せな生活を送っていたが、私が五十歳のときに夫は肺ガンを患い、わずか三カ月の闘病生活の末に亡くなってしまった。

私は、未亡人となり、経済的基盤を失って窮乏生活を送らざるを得なくなった。そこで、五十歳で初めて会社勤めに出、以来十五年間、ＯＬ生活を送るのである。

夫が亡くなって二年後には娘も結婚して家を出たから、それから、九十歳の今に至るまでの「たったひとりの生活」がはじまった。

しかし生来、物事にこだわらない楽天的な性格であるところにもってきて、加賀前田藩の家老だった祖父の質実剛健な気風を受け継いだ（と自負している）私は、「ひとりの時間」を充実させるべく、工夫を凝《こ》らし、楽しんで生活してきたのである。

そもそも、私がどうして本を出すことになったのかというと、朝日新聞に私の記事が載ったのがきっかけだ。

新聞に投稿するのがライフスタイルの一

つとばかりに、私は五十余年、投稿を続けているのだが、しょっちゅう新聞に載る私の投書をスクラップしていた方がいて、

「女性が自由に生きにくかった世代なのに、文章を読むと、潔くて自分の世界をもっていらっしゃる。あこがれるし、勇気づけられた。七年前の投書を読んだのが最後ですが、お元気かしら」

と、朝日新聞に手紙を出してくださり、取材を受けたのである。

この記事を読んで、元気にひとり暮らしを続ける私の生き方に興味をもってくださった出版社の方から、「本を出さないか」と声がかかった。そして、八十八歳のとき、初めての本『50歳からの満足生活』（三笠書房刊）が出版されたのである。

この本は、ありがたいことに大勢の方に共感していただくことができ、おかげで私も大いに力づけられた。

そしてこの度、私が長年実践してきた「ひとりの時間を楽しむ方法」につい

て、再度新しい本を出さないかというお話をいただいたのである。

こうしてこの本ができあがった。

本書には、私の人生への取り組み方、考え方、生き方が、ちょっとおこがましいが集約されていると言ってもよい。この本の出版は、私にとっては大変に嬉しいことであるし、楽しいことである。

八十八歳になって初めて本の著者になり、その後も本を出すことになった私など、よい実例だと思うが、「人生は死ぬ瞬間まで、何が起こるかわからない」のである。

この本を読んで、そのあたりの人生の深い意味合い、絶妙な味わいを汲《く》み取っていただければ幸いである。

三津田　富左子

目次

第1章

「自分だけの時間」は蜜《みつ》の味

第2章

50歳から「嬉しいこと」が益々ふえる暮らし方

第5章

弟は「ひとり時間を満喫する」達人

第6章

お洒落をするのも〝気合い〟です

第7章

「90歳まで病気知らず」はこの健康習慣にあり

第8章

年を取るのは悦楽である！

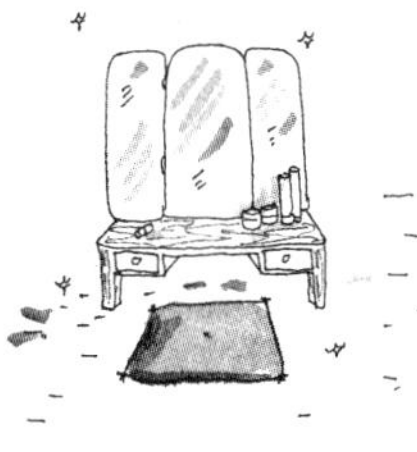

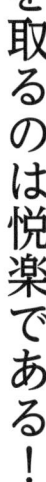

挿画◎塚本やすし
編集協力◎中西后沙遠

第1章

「自分だけの時間」は蜜《みつ》の味

自分らしく生きる〝魔法の時間〟

「ひとりの時間」は、生きていくうえで非常に大切なものである。

自分の人生を振り返ってみると、父母や兄弟姉妹、夫や子ども、友人などと過ごした、数々の幸せな時間の想い出が浮かんでくる。

しかし、ひときわ光を放ち、人生を価値あるものにしてくれているのは、自分ひとりで豊かに過ごした、自分のための充実した「ひとりの時間」の積み重ねである。

私はこの「ひとりの時間」を、誰に遠慮することもなく大事にしてきたから、これまでの人生を自分らしく生きてこられたと思っている。

人との関係にちょっと疲れたとき、朝から晩まで雑事に追われて息つく暇もなく、自分を見失いそうになったとき、「ひとりの時間」がもてれば、自分本来の姿に立ち返って、ほっとひと息つくことができる。

そして、心のエネルギーが回復して、また明日も、人生に立ち向かう勇気が湧いてくる。「ひとりの時間」には、そんな役割もある。

時間というものは無限にあるが、「ひとりの時間」をもつというのは、それを独り占めにすることであり、自分だけのものにすることである。

「ひとりの時間」を充実して過ごすとは、気に入りの音楽を聴きながらコーヒーを飲む、たった十五分の時間でもよい。

何かを学ぶのにあてる二時間でもよい。

時間はどのくらいという基準も、どのようなことをして過ごすかというきまりもない。

人それぞれ、自分が大切に思うこと、とびっきり素敵な気分になれること、楽しくて夢中で過ぎてしまうようなことにあてる時間である。

どんなに忙しくても、このような時間をもつのは大事なことだ。

私は五十歳で未亡人になってから六十五歳まで、夫の上司の方のはからいにより、小さな会社で経理事務の仕事をして忙しく過ごしていたが、その間も、習い事や勉強を続けていた。

最初は長唄、それから日本舞踊、社交ダンス。

仕事から帰ると、手早く用事をすませ、時間をつくり出して、習い事のお稽《けい》古《こ》をするのが日課であった。

この「ひとりの時間」は実に楽しく、一種の気持ちのはけ口にもなるから、仕事を段取りよくこなす原動力にもなったのである。

自分の中に見つけた楽しみを、自分ひとりで味わう「ひとりの時間」は、連《れん》綿《めん》として続く日々の営みを豊かに風味づける「蜜《みつ》の味」がするものである。

いちどその味を覚えるとくせになる。

もはや「ひとりの時間」なしの生活など考えられない。

「ひとりの時間」を存分に楽しむ術《すべ》を見つければ、五十歳からの人生も、いくつになっても、より奥深い意義のあるものになることは間違いない。

「ひとりの充実時間」のつくり方

では、どうすれば蜜の味の「ひとりの時間」がもてるのだろうか。

けっきょく、「ひとりの充実時間」は自分の意志でつくり出すほかはない。

時間はあるのにダラダラ無駄に過ごしてしまう人もいれば、「忙しくて、そんな時間はとてももてません」という人もいると思うが、それはちょっと違うと思う。

「もてない」のではなく「もとうとしない」のである。

どんなに忙しくても、自分でひねり出そうという姿勢さえあれば、「ひとりの充実時間」がもてないということはあり得ない。

あちらにもこちらにも配慮をして、いい人でいようとするから、時間があっという間になくなってしまう。

家族に囲まれてワサワサしていても、周りのことにとらわれずに「自分がやりたいこと」に集中すれば、「ひとりの充実時間」を少しでも確保できるはずである。

逆に、ひとり暮らしであっても、その場その場の都合に流されて、なんとなく過ごしていては、満たされた「ひとりの時間」はもてないのである。

「ひとりの時間」を過ごすのは必ずしも、家の中とは限らない。外で楽しい時間が過ごせれば、それでいっこうに構わない。

ただし、あれもしたい、これもしたいと欲張っては駄目である。気持ちが分散してしまうから、どれも生きてこない。

自分がやりたいことの中から、一つだけ、これはというものを選んで続けるのが要領である。

一日は、すぐに終わってしまう。

時間をつかまえて、自分のものにする強い意志がなければ、「ひとりの時間」は見つからない。

何か一つ、もっとも自分が楽しくて、慰《なぐさ》められて、充実した時間と感じられる過ごし方を決めたら、毎日それにあてる時間を優先して確保すること。「ひとりの蜜の時間」を見つける方法はこれに尽きる。

勉強・好奇心・行動力…が元気の素《もと》

四十歳、五十歳を過ぎれば、すでに数々の経験を経てきているわけだから、男性でも女性でも、ひとりで行動することなどお手のものだろうと思う。

それでも、「自分の楽しみのために、自分ひとりで」行動することを苦手とする人は、案外多いのではないだろうか。

とくに何か楽しいことを企画するときは、「お友だちといっしょに」「家族といっしょに」と、誰かといっしょに行動することが多いだろうと思う。

しかし、「ひとりの時間」を楽しむということは、ひとりで行動することを意味する。

もし、「ひとりの時間」を存分に楽しみたいと思うなら、まずは、ひとりで行動する「醍醐味《だいごみ》」を体得することが必要だろう。だから、とりあえず、何でもひとりでやってみるとよいと思う。

最初はちょっと思いきりが必要だと思うが、ひとりで行動することの気楽さやフットワークのよさは、実践してみればよくわかる。

ひとりの行動は、自分の生活をよりシンプルに、わかりやすくしてくれる。より活動的に、より刺激的にしてくれるのである。

さて、「誰かといっしょでないと……」という習慣を変えるために、まず、自分自身に美味《おい》しいものをご馳走するつもりで、ひとりで食事に出かけるのはいかがだろうか。

私自身は、食事をするのに気に入りの店が二つある。

老舗《しにせ》の蕎麦屋《そばや》が渋谷に出店しているので、お昼はここに食べに行くことが多い。私の好物は天ぷらであるが、その天ぷらとお蕎麦がいっしょになった「かきあげ御膳《ごぜん》そば」が大のお気に入りである。

独特の口当たりのよい白いお蕎麦をすすり、揚げたての天ぷらをつゆにつけていただくと、「ああ、美味しい」と思わずため息が出る。私にとっては、至福のひとときである。

だから、わざわざ地下鉄とバスを乗り継いで出かけていく。

また浅草の観音《かんのん》さまは十八日は女の日と決まっていて、母親が生きているときはいっしょに、亡くなってからもひとりでお参りを続けている。

その帰りには、必ず浅草のデパートに入っている天ぷら屋で、天ぷら定食をいただくことにしている。

ひとり暮らしなので、自分で天ぷらを揚げたりすることはまずないし、天ぷらは揚げたてがいちばん美味しいのだから、買ってきたものでは味が落ちる。プロの料理人が揚げた絶妙の味を、その場でいただくに限るのである。

こんなふうに、ひとりでお店に入り、美味しい食事に舌鼓《したつづみ》を打つこともまた、「ひとりの時間」を楽しむ一つの方法ではないかと私は思うのである。

このほかにもひとりで行動し、「ひとりの時間」を楽しむ方法はいくらでもある。

たとえば私は、年金生活の経済的な乏しさは精神面でおぎなうとばかり、方々《ほうぼう》のカルチャー教室にひとりで通

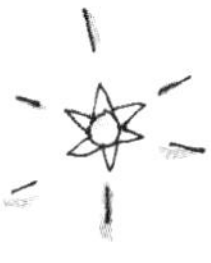

って、中国文学を勉強したりしている。

また、長唄や日本舞踊を習っていたときは、ひとりで国立劇場まで出かけていっては、日舞や能の舞台を楽しんだものである。

映画でも、お芝居でも、コンサートでも、美術展でも、思いきってひとりで観に行くことをお勧めする。

とにかく、興味があるなら、何でもひとりでやってみることである。

もちろんお仲間と行くのも、これまた楽しいだろうが、都合を合わせるのはまことにめんどう。相手の時間が空くのを待ってはいられない。

自分が楽しいことをするときに、誰か人をあてにしていては、やりたいことの半分も実現できないのがオチである。

何にしても、自分の楽しみのためにひとりで行動するうちに、「ひとりの時間」を楽しむ方法も体得できるし、やがては達人の域にも達するというものである。

「ひとりの時間」の大敵①
落ち込まないためのとっておきの方法は?

心の安定があってこそ、「ひとりの時間」を存分に満喫《まんきつ》できる。

「ひとりの時間」を心から楽しむために、気持ちが落ち込んでいる状態というのは大敵である。

もともと楽天家の私は、考えても仕方のないことは考えないほうがよい、と割り切っている。

もっとも、私自身は落ち込むことなど、まずない。

人は私のことを「いつも元気でしゃんとしている。いかにも楽しそう」と言う。そして、前にも述べたが、「あなたの側《そば》に行けば、元気が移るから」と、私の周りに寄ってくる。確かに私は、人生は楽しいと思っているし、いつも前向きに生きている。

だいたい、物事を気にしてくよくよしている間は、エネルギーや気持ちがマイナスの方向を向いている。気持ちがマイナスになっているのに、物事がプラスの方向に動くわけはないのである。

そういうときは、まず、気持ちをプラスに変えなければ、何もはじまらない。落ち込んだ原因が解決できるものならば、できるだけ早く解決すればよい。しかし、自分の力では解決できないものならば、「仕方がない」と悟《さと》ってしまうことである。

そして、振り切ってしまう。

要するに、落ち込んだ気持ちを切り替えることが、肝要なのである。そのためには、意志の力が必要なのは言うまでもない。

さて、ここに、落ち込まないためのとっておきの方法がある。

つねに楽しいことしかしない、のである。

やらなければならない雑事をさっさと片づけて、とにかく自分が楽しいと思うことをする。

人とのつきあいに振り回されるのが嫌いなら、そういうわずらわしいことは切り捨てるとよい、と思う。

自分の生活をできるだけシンプルにして、楽しいことだけしていれば、落ち込むことはまずないはずである。

取り越し苦労をしないのは当然。

人生なるようになると腹を据《す》えて、自分に与えられた条件の中で最善を尽くしていれば、不安を感じることもない。

けっきょく、人生を楽しくするのも、つまらなくするのも、すべて自分の責任ということになる。

人生は考え方によって、どうにでもなるのである。どんな場合も、くよくよしても、はじまらないことを腹に据え、落ち込まないだけの意志の力を身につけたいものである。

「ひとりの時間」の大敵②
寂しい気持ちの切り替え方

繰り返すようで恐縮だが、私は楽天家も〝超〟がつくほどの人間であるから、これまで寂しい気持ちになったことはほとんどない。

原則的に言えば、万物の霊長の命を与えられ、健康に生きていられれば、人生これ以上の幸せはない。寂しいなんて贅沢《ぜいたく》なことは言っておれないと思う。

地球上には、自分に与えられた境遇に比べてずっと辛い思いをしている人たちが大勢いるのだ。

それを思うと、カツカツの年金生活でも自分の境遇に感謝の念が湧いてくる。

大切なのは、人生の慰めを人に求めず、しょせん人間はひとりである、と悟ること。そう悟れば、人生への覚悟もできるはずである。

人に依存する気持ちがあるから、寂しくなる。自分はひとりで大丈夫、平気だと、心に決めることである。

自分ではどうしようもないことがあるのが人生だが、辛いことがあっても、やがては時が癒《いや》してくれる。

運命が決まっているとすれば、くよくよしてもはじまらない。一つひとつのことに、精いっぱい誠意をもってぶつかっていくほかはないだろう。

そうやって、毎日を悔《く》いなく過ごしていれば、寂しいなんて気持ちが紛《まぎ》れ込む隙はないと思う。

寂しい気持ちがあれば、「ひとりの時間」をもっても、あまり楽しめないと思うが、逆に充実して豊かな「ひとりの時間」をもつことができれば、少々の寂しい気持ちは払拭《ふっしょく》できるはずである。

さらに言えば、「寂しくならない」という気構えも必要だろう。寂しい気持ちなど入り込む隙がないような、凛《りん》とした生活を送りたいものである。

そして、寂しい気持ちが少しでもよぎったら、何か楽しいことを考えて、すぐさま気持ちを切り替えること。

それが、生活の知恵だと思うのである。

第２章

50歳から「嬉しいこと」が益々ふえる暮らし方

「毎日、なんて楽しいんだろう」

私は五十歳で夫を亡くし、五十二歳でひとり娘を嫁がせて以来四十年余り、ずっとひとり暮らしを続けている。

四十年といえば、私が夫と結婚生活を過ごした期間に、干支《えと》をひとまわり足してもまだおつりがくるくらい長い。

「ひとりで暮らすなんて、お寂しいでしょうね」

とよく言われる。そんなとき私は、

「あら、とんでもない。ひとり暮らしくらい気楽なものはありませんよ」

と、はっきり伝えることにしている。

何しろ私は、「ひとり暮らしは、『ひとりの時間』を自由に楽しむ最良のステージである」とすら思っているのである。

だいたい、結婚したら最後、日本の女は絶対に損であった。最近でこそ、立場が逆転したうらやましい若夫婦もいるようだが、少なくとも私の時代は、女は夫に尽くすものと相場が決まっていた。今でもその傾向はあるように私は思う。

食事の支度《したく》からお風呂の準備、家族の衣服も整えて、さらに夫や子どもが風邪などをひけば看病にかかりっきり。自分自身のことと夫や家族の世話と、女は二倍、三倍の労力が必要なのである。

そういうのがイヤなものだから、娘時代の私は独身を通そうと、本気で考えていた。

何しろ、私の父親はたいそうわがままで、母親は父親の世話に明け暮れる毎日。そういうのはまっぴらごめんと考えたのだ。

しかし、母親にしてみれば、いちばん上の娘を嫁がせなければ、下に控えている二人の妹の結婚話をすすめられない。

というわけで、金《きん》の草鞋《わらじ》でもって、ハンサムで優しいおムコさんを探し出してきた。

私は「結婚などしません」と宣言したが、夫の熱意に根負けして、一年後には、とにもかくにも拓務《たくむ》省の官吏との結婚生活をスタートさせたのである。

結婚したからには、ずっとこのまま、お互いに共白髪になるまで生きていくのだろうと思っていた。ところが、夫が五十四歳、私が五十歳のときに、夫は突然肺ガンを患い、三カ月の闘病ののちに、呆気《あつけ》なく亡くなってしまった。

年ごろのひとり娘も二年後には結婚し、ひとり暮らしの生活に入っていったのである。

ところが、ひとり暮らしを経験してみると、経済的に苦しいのが少々誤算ではあったが、こんなラクなことはない。

人の世話をする必要がないのが、こんなに気楽なものかと、あらためて驚いた。自分のことだけを考え、自分のペースで生活すればよい。

こうなると、再婚話など「とんでもない」と断るのみである。せっかくひとりの自由さを満喫できるのに、これまでまったく縁のなかった人の世話を背負い込むなんて、私には考えられない。

人といっしょに生活していれば、必ず相手に合わせて我慢をしなくてはならないことも出てくる。女はとくにそうである。それが頻繁《ひんぱん》だと、ストレスも溜《た》まるだろう。

そういうわずらわしさがいっさいないひとり暮らしは極楽ですらある、と私は思った。

「ひとりの時間」を楽しむのも、誰に遠慮することもない。同居人に合わせて、都合や時間を調整する必要もない。

自分らしい生き方をするためには、ひとり暮ら

しほど都合のよいものはないとも言えるのである。

私の知り合いの若い人が、離婚してひとり暮らしをはじめた友人のこんな話をしていた。

なんでもその女性は、最初のうちこそ辛い気持ちもあったものの、やがて、これほど幸せな生活はないと思うようになったそうである。

それを感じたのは、音楽をかけたまま、お風呂のドアを開けっ放しにしてお風呂にのんびりつかり、あがって体を拭《ふ》いてそのまま素っ裸でダイニングまで行き、冷蔵庫から取り出した缶ビールを、ぐいっと、ひと口あおったときだそうだ。

「誰に遠慮することもないひとり暮らしは、なんて楽しいんだろう」とつくづく思ったそうである。

まあ、若い人のそういう豪快な話はさておき、ひとり暮らしは一〇〇パーセント自分勝手がきくから、幸せである。

自分がどんな生き方をしたいのかしっかり考えて、それを貫く強い意志をもってのぞめば、こんな幸せな暮らし方はないのではないか、とすら私は思うのである。

ひとりでも極楽、ただし生活ルールが肝心

「ただし」

と何にでも但《ただ》し書きはつきものだ。

ひとり暮らしは気楽ではあるけれど、安易ではないので要注意である。

寂しがり屋で、人に癒《いや》しを求めるタイプの人は、ひとり暮らしは向いてない

かもしれない。

人に対してではなく、自分の中に癒しや楽しみを見つけていくことが大切である。それが、「ひとりの時間」を楽しむことに通じる。

「人間、生まれたときもひとりなら、死ぬときもひとり。けっきょくは自分のことは自分が考えるしかない」と悟《さと》らなくては駄目である。

甘えを捨てたところからスタートしなければ、充実したひとり暮らしを送ることは難しい。

ひとり暮らしの鉄則は、他人への甘えを捨てること。

それをベースに、自分を律した生活を組み立て、自分という個性をしっかり発揮したいものである。

そうすれば、「ひとりの時間」を満喫する、このうえない充実のときが訪れることは間違いない。

娘夫婦との同居を断る

もう十数年も前のことであるが、私がだんだん老いていくのを見越して親切心から、娘夫婦が「家を建て替えてあげるから、いっしょに住みましょう」と申し出てくれたことがあった。

最初は私も、娘や孫たちと暮らすのもそう悪くはない話だと思い、「いいわよ」と気安く返事をした。

ところが、落ち着いて考えるにつれ、だんだん億劫《おっくう》になってきた。

今なら、オンボロ化したとはいえ、ぜんぶの部屋をひとりで好き勝手に使って生活できる。それが五人暮らしとなると、どう考えてもひと部屋しか使えないだろう。当然、窮屈《きゅうくつ》である。

孫たちにしても、たまに会うから可愛いのであって、毎日では気疲れするに違いない。

他人でも同性ならよいが、おムコさんといっしょのお風呂というのはイヤである（それを聞いた娘は、「まったく失礼な」と怒っていたが）。

それに、家族五人暮らしでワサワサしては、「ひとりの時間」を確保することすらままならないのではないだろうか。

そんなわけで、はっきり断った。

娘は、

「いいけど、じゃあお母さまは一生、私たちを頼らないで生きていくのね」

と、少々おかんむりだった。

それはそうだろう。せっかく、私のことが心配でおムコさんをその気にさせたのに、その好意を無にしてと思うのは当然である。

しかし私はそのとき、

「はい、私はひとりで、ちゃんと最後まで生きていきます」

と宣言した。今になっても、もともとは他人であるおムコさんや、若い孫たちと毎日顔を合わせて生活するのは、ずいぶんストレスが溜《た》まっていただろうから、断ってよかったと思っている。

おかげで、私は私で自分の好きなように、わがままいっぱいに暮らしてこられた。娘は娘で、おムコさんと私の間に入って窮屈な思いをせずにすんでよかったのではないだろうか。

孤独ではあってもひとり暮らしの自由さを選ぶか、家族といっしょで安定はしていても不自由さを選ぶか、私にとっては答えは明白である。

娘には娘の人生がある。私には私の人生がある。

お互いに自分の生活を守りながら、相手のことを気遣う関係のほうが、まことに心地よいと私は思ったのである。

青天の霹靂《へきれき》で体調を崩したこと

私は若いときから、病気らしい病気をしたことがない。頑丈にできているらしく、風邪もほとんどひかないし、お腹もこわさない。まさに原始人である。ただ、健康でいるために、自分で能《あた》う限りの用心はしているが。

ひとり暮らしをしていても、健康の不安はなかったから、カルチャー教室だ、観音さまのお参りだと、何だかんだ、スケジュールはびっしり。これまで長年にわたって、勝手気ままな日々を送ってきた。

この調子が死ぬまで続くと思っていたが、さすがに九十歳にもなると、体力の衰えを感じることも少なくない。

とくにこの春先、胸がムカムカして脱力感にみまわれ、どうもこうも調子が悪くなったのには、まいった。

こういうのは生まれて初めてである。

私にとってはまさに、青天の霹靂《へきれき》。

自分が病気かと思うと、日ごろの向こう気の強さはどこへやら、娘に電話をして「気分が悪いの、きてくれない？」とお願いする始末である。

私のすっかり元気のない声を聞いた娘は、横浜から、私の東京・練馬の家まで、取るものも取りあえず飛んできた。

そして、たまたま日曜日だったので、車で三十分くらいのところに住む孫息子を呼んで、私を国立病院の救急外来へと連れていってくれた。

ところが医者の姿を見れば気分がしゃっきりする。

「私はどこも悪くありません」

と私が言い出したものだから、娘と孫は医者の手前、顔を見合わせて恐縮するばかりであった。

医者のほうも、どことい って悪いところは見あたらず、「様子を見てみましょう」ということですんでしまった。

そんなわけで、ひと安心したのだが、自宅に戻り娘が帰っていくと、緊張感が失われるのか、やはり気分はすぐれない。

まことにだらしがないが、日ごろが健康なだけに、少しでも気分が悪いと、気持ちまでまい ってしまうのだから情けない話である。

娘は週に一度は泊まりがけできて家事などの用事をすませるのが、ここ五年くらいの習慣になっている。だがそのときは、週に二度、三度と、「具合悪いの」と電話をして、娘にきてもらった。

娘もそういうことがあまり頻繁《ひんぱん》に続くもので、いよいよ私もおしまいかと覚悟をしたらしい。

おムコさんを連れてきて私に会わせたり、このまま私が死んでしまっても悔いのないように、いろいろと気持ちをくだいていた。

ところが、大病院はさておいて、かかりつけの医者に行っても、「風邪じゃないか」と言われるくらいで、大した診断はくだらない。

そうこうしているうちに一カ月が過ぎ、娘は一カ月のうち二十五日は我が家に泊まり込むという日が続いた。

あげくに、またまた「気分が悪いからきてくれない？」と電話をかけてよこしたのに、きてみると案外元気そうな私を見て、娘はついに腹を立てた。

そして、

「もう、ご臨終《りんじゅう》ごっこはたくさんよ、お母さま。会わせるべき人には、もう会ってもらいましたからね」

と言い放った。

私だってそう言われれば、売り言葉に買い言葉である。

「私は会いたい人なんて、この世にひとりもいません」と言い返す。

「お母さま、なんだか急にぼけたんじゃない？」と言う娘。

「人間、九十歳を過ぎれば、ぼけるのは当たり前です」

「あら、お母さま、そのくらい口が達者なら、もう大丈夫だわね」

まったく、なんだか青菜に塩でやたら元気のなかった私が、やおら日ごろの勢いを取り戻したのが嬉しかったのか、娘は妙なところで安心する。

母と娘の他愛のない口ゲンカではあるが、確かにひと月近くゴロゴロと体の不調をもてあましていたのが、なんだか元気が湧いてきた。

今では、もうすっかり元通りの元気さを取り戻したが、この突然の体調不良をきっかけに、今までは「ひとりで大丈夫、誰にもいっさい頼らない」と高飛《たかび》車《しゃ》に考えていたのが、「自分ひとりで大丈夫かな」と、たまに思案したりするようになった。

まったく、だらしのない話であるが。

けっきょく、「いざというときに頼れる人がいるひとり暮らし」というのが、最高に具合のよい状態なのかもしれない。

考えてみれば、急に入院する事態が発生した場合、あとで、誰かに荷物をまとめてもってきてもらう必要だってあるのである。

ひとり暮らしをする人は、本当にいざというとき、家族、近所の人、友人、福祉関係の人など、誰か頼れる人を確保しておく必要があるようだ。

ボーイスカウトのモットーは「備えよ、つねに」だそうである。

ひとり暮らしをするからには、その点ぬかりのないように、日ごろから対策を立てておくことも大切である。

大工のおじいちゃんは見ていた!

ここで、この珍しく体調を崩《くず》したときの、ちょっとしたエピソードを明かそう。

前著『50歳からの満足生活』でもお話ししたことだが、私は家の普請《ふしん》をするときに、業者に知り合いもいなかったので、確かな筋に頼むのが賢明と、区役所に業者の紹介を頼んだ。

すると、高齢者事業団に登録している年配の大工さんがやってきた。

この大工さんはおじいちゃんだが、なかなか腕もよく、信頼できることもわかったので、以来、何かにつけて、家の修理などをお願いしている。

さて、この大工のおじいちゃんは、我が家に唯一出入りする第三者として、何かと話題を提供してくれる。

この前も、この大工のおじいちゃんのひと言に面食《めんく》らった。

お風呂の改修工事をしたのは、たまたま私が体調を崩していたときだった。

この期間、食欲もなく、娘がたいそう心配していたことは、前に記したとおりである。

そこで娘は、我が家にきた日に、私の様子を、その大工のおじいちゃんに尋ねていた。

「私がいない間、おばあちゃん、どうしてました？」

おじいちゃんは何のためらいもなく、こう答えた。

「あー、おばあちゃんねぇ。テレビ観ながら、煎餅《せんべい》をぼりぼり食ってたぞ」

私は何の申し開きをするつもりもないが、見られていたかと思うと、何となく居心地が悪く、きまりの悪い思いをしたのだった。

ひとり娘がもし遠くへ行ってしまっても…

五十二歳で私がひとり暮らしをはじめて以来ずっと、娘は娘、私は私で、お互いにあまり干渉しない生活を続けてきた。

まあ、長い間のことだから、頻繁《ひんぱん》に会っていた時期もあることはある。

私が勤めていた会社を六十五歳で辞めたあと、孫息子が小学校二年生から四年生くらいまでの間、家庭教師として、娘のところに週に一、二回通ったこともあった。

また、娘が五十代にかかろうとするころ、更年期で体調を崩し、どうにもこうにもフラフラするというので、国立病院や慶應《けいおう》病院の診察に付き添って行き、看護師さんに「あら、逆だわね」と言われたこともあった。

しかし、普段はそうしょっちゅう娘と顔を合わせていたわけではない。

親孝行な娘は、私のことを心配して、よく電話をかけてよこしたが、わざわざくる必要はないと私がいつも言っていたので、娘が私の家を訪れることはほとんどなかったのである。

ところが、五年ほど前に下の孫娘が結婚してから、時間に余裕ができたのか、年を重ねてきた私の高齢が気がかりになってきたのか、娘は週に一度はきて、家の掃除や片づけ、買い物などを手伝ってくれるようになった。

これはまことにありがたいことだった。

何しろ私は掃除や片づけが得意ではない。

新聞を読んでいて、その新聞を広げっぱなしにして、ふと思いついた材料で新聞への投書の原稿を書く。

朝六時に起き出して、お風呂や朝食を手早くすませると、片づけるのももどかしく勉強に取りかかる。そうこうしているうちにカルチャー教室の時間があるから外出。

ということで、家の中はいつも、あちらこちらに、物が広げてある状態だったのである。


ところが娘は、私と違って、掃除や片づけをするのが大好きときている。家の中がきれいでないと気がすまない。

だから、片っ端から片づけて、家の中をピカピカになるまで磨き上げる。

娘が帰ったあとなど、ピーンと水を打ったように清々《すがすが》しく、嬉しくてしようがない。

今では娘の訪問が習慣になってしまっているので、娘抜きの生活は考えられず、私もずいぶんと娘を頼りにしていると言ってよい。

ところが、この本を書いている途中で、

「娘さんがご主人や何かの都合で、どこか遠くに行ってしまったらどうしますか？」

という少々辛口の質問が、編集者の方から届いた。

言うまでもないことだが、オンボロ化したがこのひとり暮らしを続けている我が家が、私の住みかである。周辺の条件が変わったからといって、私がここに住むことに変わりはない。

長年暮らしているところというのは、格別に住み心地がよいものである。年を取ってから、見知らぬ土地に住む勇気は湧いてこない。せんじつめれば、しょせん人間は「ひとりの存在」で一生を終えるのだ。そのことを自覚して、いざとなれば自分を娘のいない状況に馴《な》らしていくことが必要だろう。

娘は結婚して自分の生活があるのである。そちらを優先するのは当然のこと。娘がいなければやっていけないなどと、贅沢《ぜいたく》を言い出せばきりがないのだから、ひとりの生活に徹するほうが賢そうである。

娘がいなくなれば仕方がない、それはそれで、今の生活を続けるのみである。

まず住む家があって平穏無事に暮らしていけることを感謝し、くよくよするよりも、ひとり暮らしはわがままがきくのが何よりだと、物事のよい面を考えて生活していくほうが、楽しくてよいのではないかと思う。

私にとって、ひとり暮らしは、「ひとりの時間」を楽しむための〝究極の選択〟なのである。

必要であれば、役所に相談して

では、もう少し考えを進めて、ひとり暮らしをしていて体が不自由になったときは、どうすればよいのだろうか。

私は幸いにも今のところ健康であり、自分のことは自分でできるから平気である。

しかし、もしも体が不自由になった場合は、介護保険のサービスを積極的に受けようと思っている。

保険料を払っているのだから、遠慮するつもりは毛頭ない。

役所が好意をもって住民に接してくれるのであるから、その恩恵を充分にこうむろうと思っている。

経済力のない者にとって、外部からのこの手のサービスは、まことに嬉しいのである。

そこで、具体的にはどんなサービスが受けられるのか、福祉が専門の大学の先生が知り合いにいるという若い人に、聞いてもらった。

その先生の話では、介護保険サービスには「要支援」と「要介護」の二つの区分があるが、とりあえず「もし日常生活を送るのに全面的な手助けは必要でなくても、ある部分で手助けを受けないと生活できないという場合、『要支援』あるいは『要介護1』程度には認定されるだろう」ということであった。

要支援と認定されれば、家事援助のサービスを受けることができる。買い物をしたり、掃除をしたりの、自分ではなかなか大変な家事をヘルパーさんが代わりにやってくれるらしい。

私の場合、年齢が九十歳であるし、外出するときに足もとが危ないと思って杖《つえ》を持ち歩くことにしたから、少なくとも要支援の認定は下されるのではないかという話である。

また、老人福祉施設への入所は、要介護の認定がおりると申請できるということだ。

いずれにしても、介護サービスを受けるつもりがあるなら、今は必要としていなくても、早めに認定だけは受けておいたほうがよいとのこと。いざとなって介護サービスを頼みたくても、認定に一カ月程度はかかるらしい。

認定を受けても必ずしもすぐに介護サービスを利用する必要はない。「転ばぬ先の杖」ということわざもある。肩肘《かたひじ》張らずに、自分がどのような状態にあるのか、認定を受けつつ確認するのも悪くはない。

また、こちらの意識さえしっかりしていて、医学的な問題が特別にない限りは、かなりのところまで介護サービスを受けながら、ひとり暮らしを続けることができるようである。

まあ、未来のことはわからないが、これまですこぶる健康だったように、この先もきっと健康であることを祈りつつ、精神と頭脳が明晰《めいせき》である限りは、しっかり、ひとり暮らしを続けていきたいと思う。

第3章

頑固に、真面目に、思いきり楽しく生きる！

年齢にとらわれない

自分の実年齢とは別に、気分はいつも若々しくありたいものだ。

「もう年だから」「年相応に」などという言葉はタブーである。そんなことを言いはじめたら、やりたいことも引っ込んでしまう。

自分の人生を、自分の生きたいように充実させて生きるためには、年齢にとらわれていては駄目である。

かといって、年齢をごまかすというのも無理な話。

年齢はその人についてまわるものであるし、逆に言えば、年齢の積み重ねが、その人の人格の厚みにもなっている。

だから、これまで培《つちか》ってきた人格の厚みを土台にして生きていくことが、大切なのだろうと思う。

冒頭でちょっと自慢したように、私は以前から、だいたいいつも、二十歳ぐらいは若く見られる。最近、さらに若くなったとも言われた。

若さの秘訣はというと、ことさら意識はしていないが、物事をつねに前向きに考えて、明るい未来を追っていることではないかと思う。

「夢」や「希望」は、年を取ったからといって、想い出とともに過去に置いてくるものではない。人生を生きていく最良の仲間として、いつまでも追い求めたい。

若々しくあるためには、まず楽しいことを考えればよい。楽しいことは、私たちの心に輝きをもたらしてくれる。

また、若々しくあるためには、つねに刺激が必要である。

刺激というのは、あらゆる分野の刺激であって、テレビを観ることも、新聞を読むことも、映画を観たり、読書をしたりする何もかもが、刺激になる。

さらに、「人」がいなくては意味がない。

私は基本的に交際が苦手であるが、刺激し合える人と交わす豊かな会話以上に若さを保つのに効果的なものはないだろう。

できるだけ積極的に外に出ていくことも大切である。

家の中に閉じこもっていると、これは「老化」の一方通行になってしまう。

食事でも、カルチャー教室でも、買い物でも、映画鑑賞でも何でもよい。可能な限り、とにかく外の空気にふれることが、若々しい気分を保つ重要なポイントになると私は思う。

「偏屈《へんくつ》一歩手前の頑固者《がんこもの》」で大いに結構

先ほども申し上げたように、私は今も、いたって健康である。持病もないが、しいてあげれば「偏屈《へんくつ》一歩手前の頑固《がんこ》」が持病ということになるだろうか。娘に言わせればである。

私としては、もちろん悪気などさらさらない。しかし、自分の思う通りに発言したり行動したりすることが、人さまには頑固者とか、きかん坊と映ることもあるようである。

娘など、その都度《つど》まなじりを上げ、「まあ、そんな失礼なことをして」と慌てふためいている。

実はついこの間も、こんなことがあった。

私の夫は、私が五十歳のときに肺ガンで亡くなったのだが、その夫は九人兄弟で、八十八歳になる義妹がただひとり、まだ元気に暮らしている。私とはあまりつきあいはないが、娘は父親のゆかりの方と思うのか、義妹とのつきあいを大切にしているようである。

この義妹は七十歳で単身パリに行き三カ月間アパート暮らしをしたという、なかなか素敵な人なのだが、長年短歌に打ち込み、八十八歳の記念に短歌集を自費出版したという。そこで、「お母さまの分と直子さんの分と二冊お送りするわね」と、娘の直子のところに電話がかかってきた。

「お母さま。おばさまから短歌の本が送られてくるそうよ。よろしくね」と娘からことづかったが、いかんせん、私は短歌が苦手ときている。五七五七七の三十一文字の中にさまざまな感情を読み込むというのが、私の性《しょう》に合わないのである。ご本をいただいても読むことはない。それではもったいないではないか。

そんなわけで、宅配便屋さんが分厚い小包を届けてくれたとき、「これはいらないのよ。もって帰ってくださる？」と返却をお願いした。

開けてから、また包みなおして返送するのもめんどうだと思ったのである。

ところが、そのことを娘に言うと、「まあ、なんてこと。困ったわ。お母さま、どうして受け取ってくれなかったの」と大騒ぎである。

「だって、私は短歌の本は読まないから、いただいても無駄になるだけだもの。本に対しても悪いと思うのよ。それだったら、読んでくださる方にもらっていただいたほうがいいでしょ」

「わざわざ送ってくださったものを受け取り拒否だなんて、そんな失礼なこと、考えられません」

娘はぷんぷんである。常識がないの、意地悪だのと怒る娘を前にして、私はやれやれと

ため息をつくばかりである。

もし義妹が直接私に「送るわね」と言ってくれれば、「短歌関係のものは読まないから、ほかの方に差し上げてください」とお断りしたものを。

私の考えからすれば、自分の感情表現の集大成を人に送ること自体が押しつけがましく、迷惑ということになるのだが、娘に言わせれば、「そういうのは意地悪な考え」だそうである。

「お母さまは好き勝手なことをしていればいいけど、みんなはお母さまと違うんだから、びっくりして、気を悪くしてしまうのよ。おばさまに申しわけないことをしちゃったわ。どうしよう」と困りきった娘は、とうとう、「おばさまに電話して謝ってくれないと、もうバスツアーには連れていってあげませんよ」と言い出した。

これには、私もまいった。娘は月に一回か二回、桜やツツジ、アヤメなどのお花見や苺《いちご》狩り、七福神めぐりといろいろな日帰りバスツアーのコースを見つけては手配をして、連れていってくれるのである。私は今、このバスツアーが何よりの楽しみで、次はどこへ行くのかと、心待ちにしているのだ。

そこを突っつかれると、ぐうの音《ね》も出ない。娘は変なところで仕返しをしてくるから、困ったものである。しかし、背に腹は代えられない。

仕方がないので義妹のところに電話して、「何だかわからないんだけれども、宅配便屋さんが本をもって帰っちゃったらしいのよ。大変申しわけないんですけど、一冊送ってくださらない」とていねいにお願いした。

娘はさらに、気のいい義妹がさっそく送ってくれた短歌集を前にして、「ちょっとだけでも読んで、感想をおばさまに送ってちょうだい」と要求する。「そうしないと、バスツアーに連れていってあげませんよ」。

娘は私の急所をがっちりつかんだわけである。私にしてみれば、「はい、わかりました」と、言うことをきくほかはない。いやはや、「老いては子に従え」とはよく言ったものである。

いずれにしても、私はだいたいがこんな具合である。思ったことは行動に移す。裏も表もない。もちろん、意地悪な気持ちなど毛頭ない。

私はいつも自分の理にしたがって行動しているのであり、間違ったことをしているとはけっして思わないから、泰然自若《たいぜんじじゃく》を決め込んでいる。

周りの方も、私があまりに悪びれないものだから、毒気を抜かれたような呆《ぼう》然《ぜん》とした顔をして、そのまま事は過ぎていくようである。

「意地悪婆さん」で大いに結構。

自分に正直でいるほうが、妥協しながら生きていくより、よほど私の性に合っている。

よほど世の中の見晴らしがよくていい。

思っているほど他人は“自分のこと”以外に興味がない

何はともあれ、私は「まあまあ主義」が嫌いである。

ある程度のラインで妥協したり、八方丸く収めるといったたぐいのことは苦手。

さらに、周りの人の気持ちを配慮するあまり、自分が流されてしまったり、自分の意志を曲げてしまうのは、私の生き方に反する。

わがままと言われても構わない。

私はこれまで、自分の意志を押し通してきたが、自分の行動に正当性をもたせている自信はあったから、他人の思惑《おもわく》など気にしたことはない。

これは、他人に「いい子」と思われなくても平気という強さがあれば、できることである。

自分が「いい子」と思われたいから、他人の思惑《おもわく》を気にする。

しかし、自分は十割ぜんぶで自分のことを考えるが、他人は真実味があるとしても、せいぜい七割の部分でしか、こちらのことを考えてはくれない。

自分は自分のことを深くわかっているけれども、相手はこちらの気持ちや考えをすべてわかるはずもない。わかるとしても、これもまたせいぜい七割である。

他人の思惑を過大評価することはない。結局、七割なのである。逆に、その七割を頼みにしても仕方がない。

他人の思惑など気にしても、しょせんあだ花である。

たとえば、卑近な例で申しわけないが、こちらが精いっぱい経済面で努力して、結婚式のお祝いか何かをあげたとしよう。ところが、もらうほうの立場にしてみれば、少しは感謝しても、結婚式なのだからお祝いをもらうのは当たり前、くらいの気持ちで受け取るのではなかろうか。

自分では精いっぱいの好意でも、受け取るほうにとっては、たくさんのお祝いの中の一つでしかない。

つまり他人は、こちらが期待するほどは、こちらのことを考えてはくれない。

自分の思惑と他人の思惑にはズレがある。

なにも私は、人への思いやりなど必要ないと言っているのではない。

そうではなくて、生き方の問題として、人の気持ちを気にするあまり振り回されたり、自分の意志を曲げてまで我慢したりするのは、むなしいことだと言っているのである。

何度も言うようだが、こちらが気にするほど、人はこちらを気にしてはいない。

だから、わがままと言われようが、自分が正しいと思う範囲で自分の考えを通すほうが、ずっとよいと思うのである。

他人の思惑ばかり気にしていては、「ひとりの時間」を楽しむことは二の次、三の次になってしまう。それではもったいないではないか。

せっかく、人生を自分の自由にできるときが訪れたのである。

意志を強くもって人に流されず、わがままいっぱいに自分の人生を楽しみたいと思うのである。

本を読むのもテレビを観るのも、私は全力投球！

何でも真面目に取り組むというのは大事なことだ。

真面目といっても、いろいろある。

たとえば、会社に対して真面目だったり、義理人情に対して真面目だったり、しきたりに真面目だったり。要するに、その人の人生観によって、真面目の対象も違ってくるのかもしれない。

さて、私がここで言いたい真面目は、自分自身に対して真面目であること。自分のやりたいこと、自分が楽しいと思うことに真面目に取り組む、ということである。

自分はいったい何をやりたいのかを真面目に考える。考えたうえで、やりたいことだけをやる。やりたくないことはしない。そして、やると決めたからには、本気で取り組む。そういう意味の真面目さである。

たとえば私は、テレビを観るにしても、だらだらと観るのでは時間がもったいないから、朝、新聞の番組欄をチェックして赤丸をつけ、丸で囲んだ番組しか観ないことにしている。

そのかわり、観るときはテレビの前の安楽椅子に陣取って、ほかのことはすっかり忘れてテレビに集中する。

カルチャー教室に通うときも、予習復習は欠かさない。朝六時に起きて食事などの用事をすませたら、さあ勉強である。

午前中は元気が充満しているから、何でも頭に入る。先週習ったところをきちんと復習し、次に習うところは、たとえば中国の古典ならば、辞典などを引っぱり出してきて、言葉の意味などをチェックする。

自分でA四判の紙を綴《と》じてつくった手づくりのノートに原文を写し、読み方や意味などを書き込んでおく。

何ごとにも全力投球をして、真面目に取り組むのである。

だからこそ、心底楽しいと思う気持ちが湧《わ》いてくる。

もっとも、「自分がやりたいことだけをやる」というのは、けっして、やりたい放題というわけではないのであって、そこが肝心である。

たとえば、勉強に取り組みたいというのが、私のやりたいこと。

しかし、朝起きて勉強をはじめるのは、ワクワクするときもあるが、私だって人間であるから、億劫《おっくう》だったり、めんどくさいと思ったりもする。ごくたまには「サボっちゃえ」なんて、心のどこかで気の迷いが起きることも、なきにしもあらずである。

では、自分の気持ちに正直にサボってしまうかというと、そういうことはしない。ここで自分を律しなければ、自分に真面目ということにはならない。

やりたいことは勉強であって、サボりたいというのは怠け心である。その部分はきっちりと区別しなくてはならない。

また、たとえば、お昼に美味《おい》しいお蕎麦《そば》を食べに行きたくなったとする。これは、私がやりたいと思ったことである。お蕎麦を食べるなら、渋谷の行きつけの店で食べたいけど、これから用意をして一時間かけて渋谷に出るのはめんどうだな、とちらっと思ったりもする。

しかし、自分でやりたいと思ったことであるから、そんな気の迷いなどものともせずに出かけていく。

つまり、自分に対して真面目というのは、こういうことである。

自分に対して真面目に生きるためには、意志の力を動員する必要がある。人やその場の状況に流されてはいけないように、自分の気持ちにも流されてはいけない。本当は自分は何をやりたいのか、いつも確認しておくことも必要である。

そのうえで、一日一日、自分に真面目に生きていると、本当の楽しみがわかってくる。

自分らしい生き方ができるし、人生の深い意味もわかってくる。

いいかげんに生きていては、人生は楽しくない。

何ごとにも本気で真面目に取り組んでこそ、豊かな楽しみが湧いてくるのが人生なのである。

第４章

「自分が夢中になれるもの」はどこにある？　必ずある！

習い事をするなら…

歌を唄うのが好きな人、庭いじりに凝《こ》って、英国式のガーデニングを一生懸命勉強しているという人、ウォーキングや山歩きが楽しみな人、私のように日本や中国の古典が好きで、カルチャー教室に通って勉強しているという人。人によって、人生の楽しみはいろいろだと思う。

私の娘は、部屋の内装をあれこれ変えるのが大好きとかで、いいかげん古く、あちらこちらガタがきている我が家の模様替えをし、ペンキを塗ったり、壁紙を貼ったり、カーテンを取り替えたりして、好きなように楽しんでいる。

この本の編集者の方は、最近になって小さいころ習っていたクラシックバレエをもう一度はじめ、多忙の中、暇を見つけてはレッスンに通っているそうである。

このように、すでに自分が夢中になれることを見つけた人は、それを中心に自分のひとりの時間を組み立てていけばよいだろう。

しかし、五十歳を過ぎて子育てから解放されたり、仕事を退職したりして自由になる時間がぐんと増えたのに、やることがなくて、時間をもて余している人もいるかもしれない。

そういう人は、どうすれば自分が夢中になれるものを見つけられるだろうか？

私は、まず一つ、習い事をはじめるとよいと思う。

勉強の分野でも娯楽の分野でも、どちらでもよい。

自分が子どものころあこがれていたこと、仕事に追われる中で時間があればやってみたいと思っていたこと、自分が昔から好きだった分野のことなど、自分の中を見つめて、じっくり考えてみるとよい。

そして、何か一つ取り組むものを選ぶ。私は、そのときに、一生をかけて取り組めるようなものを選ぶのがよいと思う。

せっかくはじめても、すぐに終わってしまう簡単なものではつまらない。

もっと深く、高く、幅広くと、長い時間をかけて取り組める対象を探すことをお勧めする。

そして、これはと思うことがあれば、とにかく行動を起こすこと。

これが大切である。

やりたいことを見つけたら、まずよい師匠となる人を探そう。

よい師匠のもとで自分を磨いてこそ、どんな分野のことでも上達するし、先へ先へと好奇心をつないでいけるのである。師匠選びは大切なポイントだと私は思う。

次に、師匠が見つかったら、その道では一流になるつもりではじめよう。

お楽しみなのだから、このくらいのレベルで充分だと、最初から目標を低く設定して取り組んでも、大して面白くないのではないか。

一流になんかなれっこないとわかっている場合でも、とにかく一応の目標としては、一流をめざすことが大切である。

何度も言うようだが、いいかげんに物事に取り組んでも、面白くはない。真剣に一流をめざして心を込めて取り組むから、より面白く、夢中にもなれるのである。そうなると、時間がいくらあっても足りないくらいである。もう一つ、習い事をはじめるにあたって注意してほしいのは、とにかくひとりではじめること。

お友だちといっしょになんて言っていると、そのお友だちがやめたから自分も、と挫《ざ》折《せつ》に通じかねない。

自分が夢中になることを探すのに、相手など必要ではない。人を頼みにしないで、自分ひとりではじめることが大事なのである。

さて、いかがだろうか?
自分がやってみたいことが、何か見つかっただろうか?
もし、見つかったのであれば、さっそく挑戦するのみである。

「至福の時間」は誰でもきっと見つかる

世の中には、習い事をしているけれども何だかマンネリで、「自分には楽しいと思えることがこれっぽっちもない」と、人生を湿っぽく、退屈に考えている人も、案外多いかもしれない。

もしかしたら、辛い経験をしたばかりで、先々に希望がもてない人もいるだろう。

絶望という文字の周りで、どうにもこうにもなす術《すべ》のない人もいるものである。

しかし、人生はそうそう捨てたものではない。

悲観することはない。

人間いくつになっても、新しい楽しみはきっと見つかるものである。およそ一世紀を生きてきた私が言うのだから、間違いはない。

自分の殻《から》に閉じこもってかたくなにならずに、気持ちを前向きに楽天的な日々を送っていれば、やがて楽しみのほうからこちらにやってくる。

私の場合も、日々これ精進して、やれカルチャーだ、勉強だ、社交ダンスだと忙しくしていた折に、そういう細々とした生活に変化をつけてあげようという天の思《おぼ》し召《め》しか、先ほども少しふれたように、「日帰りバス旅行」という、とっておきの楽しみが私の人生に加わった。

八十六歳の春のことだ。

娘は、少々口うるさいが、亡くなった夫に似てまことに性格がよく、優しい心根の持ち主である。

その娘が、自分が十年くらい前に友だちと訪れたことがある山梨県身延山《みのぶさん》のしだれ桜を「生きているうちに」私に見せてあげたいと、ある日ふと思いついたのがきっかけである。

さて、元来私に旅行の趣味はない。

結婚して拓務省《たくむしょう》の官僚だった夫とともに朝鮮に渡ったり、出産で東京に戻ったり、終戦で引き揚げてきたりと、必要にせまられて移動した経験は何回もある。

しかし、生前の夫は仕事熱心で、専門分野の本の原稿を書くのに追われていたりで、家族旅行などしたこともない。

夫が亡くなってからも、小さな会社で経理事務の仕事をはじめた私は仕事一途《いちず》、旅行なんてとんでもないという生真面目な生活を送っていた。

それに、飛行機は落ちるし、船は沈む。

君子危うきに近寄らずである。

また、自分の枕以外で眠るのが苦手な私は、旅行なんて益々考えられない。

ところがある日、娘に、

「お母さま、身延山のしだれ桜を見に行かない？　安いバスツアーがあるのよ。日帰りで行ってこられるから、泊まらなくていいのよ」

と切り出されると、好奇心がムクムクと湧いてきた。

そこで、娘が連れていってくれるしお金も出してくれるというのなら、「ひとつ、そのしだれ桜を見てみましょう」と、大きな荷物を二つ抱えて、娘とともに日帰りのバスツアーに参加した（何をもっていったのか、「あれもこれも必要よね」と、旅行慣れしない私は思いつく限りの荷物をもって参加した。今から考えると笑ってしまうが、初心者とはそういうものである）。

参加してみると、これまで体験したことのない面白さ。知らない土地の見たとのない景色、土地の風物、どれもこれも新鮮で、こんな楽しいことはないと思った。

　私があんまり喜ぶものだから、娘は「月に一回ぐらい、いいかしら」と、毎月バス旅行を企画してくれるようになり、四年経った今では、もう四十回近く日帰りバス旅行を体験したことになる。

　九十歳を迎えてだんだん出不精になってしまった私だが、このバス旅行は、今も心から楽しみにしている。

　楽しみは、心を閉ざさず迎え入れる気持ちがあれば、やがて見つかるものである。

　日帰りバス旅行の件にしても、もし私が「もう年だから、旅行なんて無理」と消極的に考えたり、「旅行は嫌い」と頭から否定していたら、せっかくの楽しみを知ることはなかったと思う。

　人生は、いくつになっても、先々何が起こるか予測がつかないものである。

したがって、今は楽しくなくても、やがてはきっと楽しいこともあるだろうと、楽しみの訪れをのんびりと待つ心持ちも大切だろう。

そして、楽しいかもしれないと興味が湧くことがあれば、チャレンジしてみること。

その結果、楽しいと思ったら、ずっと続けることである。

人生は奥深い。

心を自由におおらかに保っていれば、楽しみは尽きることはないと、私は信じている。

日帰りバス旅行のススメ

私があまり楽しそうにしているもので、「バス旅行のどんなところが、そんなに楽しいのですか？」と、知り合いの若い人に聞かれた。

理由はいろいろある。

まず、格安なこと。

各旅行会社が企画する日帰りのバスツアーは、五、六千円から一万円足らずの値段でさまざまなところに連れていってくれる。一度など上高地まで足を延ばしたこともあったが、それでも値段は変わらない。

自分で交通機関を使って同じことをしようと思ったら、交通費だけでもずいぶんな額になるに違いない。お昼の食事代やいろんな施設の入場券も込みということを考えると、実に格安で、私の大いに気に入っているところである。

また、ラクチンなことも、楽しい理由の一つ。私の場合は池袋駅周辺からバスに乗り込むのだが、乗ってしまえば、あちらこちらに連れていってくれる。駅の階段の上り下りにわずらわされることもないし、大型バスでのドアツードアの移動は、私のような高齢者には大変ラクである。

娘と私は、たいがい平日の朝の七時過ぎにバスに乗り込む。お茶を入れたペットボトルと、道中のお菓子を手元に置いて、ゆったりと座席に腰掛ける。

この間は、ちょっと贅沢《ぜいたく》なバスツアーを娘が申し込んだ。茨城県の那珂湊《なかみなと》まで足を延ばしたのだが、タラバガニの食べ放題、場所を移して、今度はメロンの食べ放題、さらにバラ園見学、花菖蒲《しょうぶ》園見学と盛りだくさんのプログラムであった。

旅行会社に早めに申し込むと、運がよいときはいちばん前の席に座れる。すると、都心のインターチェンジから首都高速に乗り、高速自動車道に入って一路田舎に行くにしたがって、前方に自然のパノラマがぐんぐん広がっていくのである。

バスから見る景色は、もう何十年も都会のひとり暮らしに明け暮れる私の目には新鮮で、いくら見ても見飽きない。

「あら、こんなところに生活している人もいるのねえ。どんな毎日を送っているのかしら」と思いを馳《は》せるのは、実に楽しい。

バスから降りたって、広々とした自然に囲まれて、その中にポツンと埋没《まいぼつ》する感覚も、たまらなく心にしみ入る。

そうそう、東京では買えないような、その土地その土地のものを買う楽しみもある。私は根っからの買い物好きだから、農協の婦人会の人がつくったチューリップの小花模様のメガネケースやバラの花模様の小物入れに喜び、花の絵柄の陶器や置物など、可愛らしいものを見つけて買うのが楽しい。

最近は日本酒を少々たしなむので、その土地の地酒にも目を走らせるし、花の苗なども、その土地のものがあるから買い求める。荷物もちを担当することになる娘は、しきりに買うのをやめさせようとするが、ほしいものはやはり買ってしまう。

「重くなったら途中で放り出してしまいますよ」と釘《くぎ》をさす娘に、「はいはい」と呑気《のんき》に答えてお金を払う。なあに苗の一つや二つ、どうということはない。

私がもちますとも（とはいうものの、池袋でバスを降りれば、あとは交通機関を利用して帰路につくわけだから、荷物が重くなりすぎると、娘の言う通り確かに大変である。土産《みやげ》物の買いすぎには、くれぐれもご用心、である）。

平日は道も混んでないし、快適至極。とくに毎年一月二日に行く各地の七福神めぐりの

ときは、都内もがらがら、高速もすいていて、我が世の春である。

私の場合、今度はどこに行きたいという希望があるわけではなく、行く先はどこでもよい。あてがいぶちの旅で充分である。ずっと東京暮らしでどこも知らないのだ。どこに連れていってもらっても目新しい。

それに、もともとちょっとしたことでも「あら嬉しい」と喜ぶ稚気満々《ちきまんまん》の気分が強いから、旅先のちょっとしたことが嬉しい。楽しむも楽しまないも本人しだいなのだから、私は何でも楽しむのである。

さて、観光バスは夜の七時半頃に池袋に到着する。娘と池袋のデパートで食事をして家に帰り、のんびり布団にもぐり込む。こうして日帰りで旅を楽しみ、自分の家で安心して熟睡すれば、翌日には疲れもすっかり取れるから、「では今日は池袋でやっている靴のバーゲンにでも行きましょうか」ということになる。

そんなわけで、お金がかからなくて、人まかせで、疲れが残らないラクチンな日帰りバスツアーは、私のような高齢者にはぴったりだと思うのだ。

おムコさんは料理好き

楽しみといえば、料理もなかなか奥の深い楽しみと言われている。私などは結婚してからずっと、もう六十年以上も食事をつくり続けているので、とりたててそれを楽しみにしようとは思わない。しかし、男性にとっては、料理は案外、胸躍《おど》る趣味の世界だったりするようだ。

うちの娘ムコも「男子厨房《ちゅうぼう》に入る」料理好きのひとりである。

娘ムコは学生時代ひとり暮らしをしていたので、もともと料理のイロハくらいは知っていた。

さらに孫たちが小さかったころは、日曜日に得意のサンドイッチをよくつくっていたそうである。それがとても美味《おい》しくて、孫たちは「パパのサンドイッチ」と言って喜んでいたらしい。

「美味しいはずよね。ハムなんかは〝明治屋〟で高級な品質のよいものを買ってくるのだもの。サンドイッチは食材がよければ、料理が上手でなくっても、充分美味しいわよね」と娘は言う。

しかし、キュウリとキャベツのサンドイッチなどは、話に聞いただけでもなかなか工夫を凝らしたアイディア料理だと、私は思うのである。

なんでも、キュウリとキャベツの千切りをドレッシングであえ、マヨネーズにピクルスを混ぜたスプレッドをパンに塗って、それで挟《はさ》むらしい。

「これは確かに美味しいわよ」と娘も太鼓判を押していた。

娘よりは七歳年上の娘ムコは、大手町にある会社で長年、経理畑の仕事をし、無事、定年を迎えた。退職金でマンションを購入したからローンも家賃もなく、定年後はどうにか気楽な年金生活者である。

そして、定年をきっかけに、やおら料理に打ち込みはじめた。

今では、ぬかみそも自分で漬けるし、朝はパンにサラダを用意して、妻に食べさせる。

だから私の娘は、「じゃあパパ、お母さまのところに行ってくるわね」と、私の家に通勤のように出かけてくる始末。

娘ムコは、もちろん後片づけもてきぱきとこなしているそうだ。

普通の料理好きな男性と少し違うと思うのは、ここいちばんの決め打ちの料理ではなく、三度三度の食事をすべて引き受けているところ。生活の流れとして料理を楽しんでいるようである。

このように、人によっていろいろな分野の楽しみがある。それでよいと思う。

何にしても、自分の好きな分野を見つけて大いに楽しむのが人生の極意だと、私は心得ている。

「社会への不満」は新聞投稿で発散！

さて、人生には人それぞれにさまざまな楽しみが用意されているものだが、私の場合、習い事や勉強以外に、新聞に投書するのも、このうえない楽しみであり、生き甲斐の一つである。

新聞への投書は、結婚して子育てをしている最中にはじめたこと。投書歴はもう五十年ほどになる。

どうやら、いろんなことに意見をもち、かつ発言したいというのが、私の生まれつきの習性のようである。

そんな私が、社会に向けて意見を言いたいとき、つまり「もの申さん」と思ったときに、新聞の投書欄ほど自由に発言できる場はないのである。

新聞に投書すれば、不特定多数の大勢の読者の目にとまる。ときには、私の投書に対する誰かほかの人の意見や感想が、またまた投書という形で掲載されたりする。

大新聞の紙面を借りて、自分の意見を発表するのは、私にとってまことに楽しいことである。

おまけに、私の書いた原稿が取り上げられれば、ちょっとしたお礼も送られてくる。あくまで「おまけ」ではあるが、それもまた嬉しい。

つまり、私にとっては、投書は一石三鳥くらいの楽しみなのである。

今でも、ときどきは新聞に投書する。

投書したいと思う材料を思いつくと、忘れると

いけないので、すぐに原稿用紙に書くのが要領。書いたらすぐ封筒に入れて、ポストまで早々に投函《とうかん》しに行く。

以前は、四大新聞や雑誌などに、政治への意見を述べた投書を、よく送ったものだった。

ここにご紹介するのはだいぶ前のものも入っているが、そんな私の政治的発言の一例である。

私はつねづね、政治に対して、一家言《いっかげん》の持ち主であった。

『アメリカ国民の単純性か』

「アメリカ人は日本人から見ると、少し思慮が足りぬ軽薄さをときに感じることがあるが、明るくて率直で、ことに政治問題を隠さずに率直に、国民にあけっぴろげで話すところは、反面、よい面だと思っていた。

それが、今度のイラン人救出に、協力を頼んでいる同盟国にはまったく相談せずに、独自に武力救出を計画して失敗したことで、こんな陰惨な裏面ももっていたのかと、びっくりさせられた。

もっとも、これも単純な国民性の裏返しの行為かもしれないが、なぜ、東洋人のように、もっと隠忍自重《いんにんじちょう》して、思慮深く、これまでの世界各国の協力が、九仞《きゅうじん》の功を一簣《き》にかくことがないように、人質救出をあせらずに待たなかったのかが、悔やまれる。

今度の場合、イラン側のとった態度は、アメリカよりは、はるかに大人の行為である。

〝敵もいない砂漠に満足に着陸できぬ〟カーター大統領の救出作戦の失敗は、今後の国内の政治に対しても、大統領選挙をめぐって、多少の危なさを感ぜずにはいられない。」（毎日新聞掲載）

『十八歳では早すぎる選挙権』

「九月の第四週のこの欄で『十八歳の選挙権を検討しよう』という、二十九歳の教員の方のご意見がありましたが、私は十八歳で選挙権をもつことは、時期尚早だと確信しています。

現行法は満二十歳になった者に選挙権を与えていますが、選挙のたびに、テレビなどで、初めて参政権をもった人にその感想を聞いています。ところが、そのほとんどが、「よくわからない」と答えています。

成人になったばかりでは、社会的な生活体験がまだ浅く、どの人がどういう政治をしてくれるのか、見極めることは困難だと思うのです。

慎重論の立場から言えば、三十歳近くにならないと、本当の意味での政治に参加する醍醐味《だいごみ》などわからないと思うのです。成人式まで二年もある若者に、未熟な政治参加をさせる必要などないでしょう。

かりに、そういうことにでもなれば、学校で教師の政治に対する意見を聞くことも多くなり、偏った思想が植えつけられる心配も、多分にあると思うのです。

現行法なら、学校では政治にノータッチで、不偏不党の立場が貫けるでしょう。

政治は最高のセンスを必要とする仕事ですから、慎重のうえにも慎重な態度で臨むことが必要で、未完成の考えしかもたぬ十八歳の青年に、あえて選挙権をもたせる必要はないと信じます。」（『今週の日本』掲載）

さて、最近は、私も極めておとなしい。気軽に読める東京新聞や、年寄り向けの投書コーナーがある産経新聞などに、身辺雑記をしたためて送ったりしている。

掲載された投書の中から、一つご紹介させていただこう。ときには、こんなささやかなことも投書の題材になるという例である。

『優しい方法でカラス対策して』

「カラスの駆除についていろいろ叫ばれています。カラスは賢いと言いますが、確かに人間より賢い面があるようです。換言すれば、人間のほうが知恵の足りないところがあるようです。

カラスを寄せ付けないためには、簡単なことですが、えさを与えなければすみます。

残飯その他の食物の残りをカラスの目にさらさないようにすれば、カラスは生きていくためには、食物のあるほうへ移動します。

地球上の生き物は、それぞれ生きる術《すべ》を心得ていて、必死になって食物のあるほうへ関心を向けます。自然淘汰《しぜんとうた》の優しいやり方で、カラスのこない方法を考えることが、人間の優しさを伴う術ではないかと思うのです。」（東京新聞掲載）

ちょっとした生活の中の雑記であるが、こんな短い文章でも紙面に掲載されれば嬉しいものである。

また、生活模様をしたためた以下のような投書も、そのときどきの思いがこもっており、私の生きてきた道標のようになっている。

『気ままにできる美術鑑賞を楽しむ』

「この年になると、出かけるのがだんだん億劫《おっくう》になってくる。古典文学のカルチャーにだけは、先に受講料を払ってあるということから、月七回、きわめて真面目に出席している。

それで時間がさかれる関係もあって、遊びのほうはあまり関心が湧かぬ。一万円以上も出して歌舞伎見物も今さらと思うし、映画館は暗い中に長い間座っているのが、何となくめんどうくさくなってきている。

唯一残っている楽しみは美術鑑賞だけ。このほうは、気ままな日に行かれるという束縛《そくばく》のなさが好きだ。

国立博物館は会員になっている。上野の杜《もり》ののびやかな自然と、上野精養軒で食事する楽しさがある。

今日、初めて新装なった東武美術館に行ってみた。日本画がいちばんわかりやすく、抽象画はわからないので敬遠しているが、今回の『ド・スタール展』の抽象画は具象に近く、何となくわかるのが嬉しい。色彩の美しさが抜群で、命が洗われるような感動を覚える。

その妻の『ジャニーヌの肖像』では、マフラーの色のなごやかな温かい感触が忘れられなかった。四十一歳の若さで自ら命を絶った画家は、その短い生涯に思いきり色彩をぶつけたのだろうか。」(産経新聞掲載)

以上、投書について、長々と紙面をさかせていただいたが、結局、新聞への投書は、私にとっては、自分を表現する一つの手段なのだと思う。

そして、投書の原稿を書く時間は、私にとって大切な「ひとりの時間」である。

新聞の投書欄は、言ってみれば社会に参加するささやかな窓口でもある。

だから私は、これからも、「もの申さん」という気持ちが続く限りは、投書を続けたいと思っている。

大切な大切な「ボーッとする時間」

さて、私はこれまで、楽しみというものは習い事や勉強など、何かに前向きに取り組むことだとお話ししてきたと思う。

しかし、何もしないでボーッとするのもまた、「ひとりの時間」を楽しむ大切な方法であることを、お伝えしたい。

もし私が男性であれば、仕事の帰りにでもひとり行きつけの居酒屋に寄って、カウンターに座り、熱燗《あつかん》と美味しい酒の肴《さかな》で、ひとときを過ごしたりしたかもしれない。

仕事から離れてほっとひと息をつく。ああでもない、こうでもないとあれこれ考えているうちに、いつの間にかボーッとして、何も考えない時間が訪れる。そして、しみじみ、ひとりで過ごす時間の幸せを感じる。

こういうひとときをもったかもしれない、と思う。

あいにく、私は女性であるし、仕事を辞めてから二十五年も経つから、そういう生活とは無縁である。

しかし、居間のテーブルのところに座って我が家の庭（小さいし手入れらしい手入れもしていないのだが）を眺めながら、紅茶をていねいに煎《い》れて飲んだり、日本茶の美味しいのをいただいたりして、ゆったりとした時間を過ごすことでは同じである。私は、こういうボーッとした時間をもつのも大切なことだと思う。

ボーッとすることは、けっして無駄ではない。心の休養だと思うのである。

そして、せっかくなら、ボーッとする時間をより豊かなものにするために、ちょっとした準備を心がけたい。

たとえば、紅茶のティーカップは自分の気に入りの洋食器を使いたい。

透かし模様の入ったピンク色のお皿に花柄のティーカップなど、私は食器もそのときどきに気に入ったものを買っておくので、その中から、その日の気分で選ぶことにしている。

また、花を部屋に飾ることも欠かせない。

安い花で充分である。安価な花であろうと、花はど

れも美しいものだ。

そして、いろんな雑用から解放された昼下がり、気に入りの椅子に腰掛けてほっと息をつく。

ときには、お茶ではなく、日本酒をぐいのみに一杯というのも悪くはない。

それが、最近の私の習慣である。

娘が買ってきてくれたガラス製の花柄のじつに愛らしいぐいのみがあるから、それに、旅先で買い求めた地酒をついで、少しずつ味わう。

穏やかな楽しさが湧いてきて、こういうのも幸せの一つの形かなと思ったりする。

「ひとりの時間」の楽しみ方を知っていれば、いろんな時間が豊かに息づいてくる。

このような日々を過ごすことができるなら、これほど幸せなことはないと、年を重ねてきた今、あらためて実感している。

第5章

弟は
「ひとり時間を満喫する」達人

二十四時間の使い方がうなるほど上手

私には十四歳下の弟が一人いる。弟は今でも、講義に執筆にと仕事をいくつも抱え忙しくしているが、「ひとりの時間」を楽しむ達人でもある。

本書は、「ひとりの時間」の楽しみ方について、私が日ごろ実行していることや考えていることをお話ししているわけだが、仕事に追われる男性の中にも、工夫して自分の時間を楽しむ人が多いだろうと思う。

そのよい実例として、弟のことをご紹介させていただく。

ちなみに、私の最初の本(『50歳からの満足生活』三笠書房刊)の出版の折に、本を出していただくかどうか迷っていたら、「いいじゃない、お姉さん。おやりなさいよ」と、私の後押しをしてくれたのはこの弟である。

また弟は、加賀前田家で代々家老職を務めてきた図書《ずしょ》家の十二代当主でもあるので、前田家のことについても、ここで少し触れておこうと思う。

自分の出自についてあれこれお話しするのは私の本意ではないが、この部分は弟の物語として聞いていただければ幸いである。

先祖をたどれば戦国武将、前田利家に

私の実家は加賀百万石前田家の家老の家筋、七千石の家禄をもった図書家であった。図書家の初代は、戦国の武将、前田利家六男の前田利貞である。

前田利家といえば、ＮＨＫの大河ドラマ『利家とまつ』でも話題を呼んだが、織田信長に仕え、後に加賀国（石川県）の大名となった人である。私たち姉弟

の先祖をたどれば、その前田利家に行き着く。

私の父は加賀前田本家の農場の管理を任されて北海道に行ったり、当主の月々の墓参の代理をするために金沢で生活したりしていた。

父親が金沢にいた時代、私は金沢第二高等女学校に通い、ランニングの選手として大いに活躍していたのだが、その間に、弟は生まれた。五人兄弟の末っ子であり、前述したように私とは年が十四離れている。

次男である弟は、長男が四歳で亡くなったために、やがて長ずるにおよんで、前田図書家十二代の跡目を継いだのである。

家柄なんて関係ない

ここで私の家柄についての考え方を述べておきたい。

自由、平等の考えが行き渡ったかに思える今の時代でも、自分の出自や家柄を自慢に思い、ほかの人に対して優越を感じている人が案外多いようだ。

そのことに、私は驚く。

そういう考え方は、はっきり言ってしまえば、くだらないと思う。

家柄は、何も自分の功績ではない。生まれたときからそこにあったものである。ご先祖さまは偉かったかもしれないが、本人は何をしたわけでもない。

自分が頑張った結果なら自慢してもよいが、最初から与えられた境遇をひけらかすのは、なんともふがいない。

大切なのは、家柄ではない。自分がどのようにして生きてきたかである。さらに、自分がやってきたことを深く知っているのは自分だけなのだから、頑張ったなと思えば、自分で自分を誉めてあげればよい。他人の評価など問題にすることはない。

そういう考えが自分の中にあるから、私は生まれてこのかた、前田家のことを自分から人に話したことはほとんどなかったのである。

どちらかといえば隠していたくらいだ。私の知り合いやお友だちは、誰も私が前田家の一族の末えいにあたることは知らないだろうと思う。

私自身をそのまま受け止めてくれれば、それでよいのである。その際、家柄など余計なものですらある、というのが私の考えだ。

私の母親は、桜井女塾という女学校の上の学校まで行った、当時としては進歩的な女性だった。母もまた、家柄などにはあまりこだわらない人だったと思う。

娘たちが未亡人になっても困らないように、私には京都の官立女子専門学校（今の京都府立大学）に進ませて教員免許を取らせ、妹二人は目黒のドレスメーカーに通わせて洋裁を覚えさせた、現実主義者であった。

また、父親はまるでお殿さまで、母親はその父の世話にかなり苦労した。そのせいか、私の夫を探すにも、家柄はともかく「妻に優しい人を」、というのが第一条件だったようだ。

そのおかげで、私は母のもくろみ通り、性格温厚で優しい拓務省《たくむ》の官吏（つまり国家公務員）と結婚したのである（本当は、そもそも結婚などしたくはなかったのだが、それはまた別の話である）。

さて、結婚して家を出た私は、家柄など関係ないという考えを押し通しておれ

ばよかったが、家督《かとく》を継いだ弟のほうは、そうもいかない。

弟も基本的には自由な考えをもつ人なので家柄の自慢などしないが、跡継ぎであるからには、先祖代々のお墓を守り、大事にしているようである。

『前田の物理』について

弟は、物理学教育に長年たずさわっている。

弟が書いた『前田の物理』という物理の参考書は大学受験生に知られ、それがそのまま本のタイトルになっている。

上下巻に分かれており、合わせて千ページ以上もある分厚い本だ。昭和四十九年に初版が出版されて以来のロングセラー。何千円とする本なのに売れ続け、もう数十万部出ているというから大したものである。それだけ力のある本なのだろう。

弟は言う。

「物理っていうのは、数式だけで理解させようとするからわかりにくい。何のためにその物理の現象を扱うのか、という『景色』が見えないと理解しづらいんだよね。ぼくは、物理のそれぞれの現象について、実際に目で見たようなイメージをつかませようとするわけ。だいたい物理の先生は、これまで通りの、決まりきった視点でとらえて授業をするから、学生はわからない。ちょっと視点をはずして切り込むと、ずいぶん違うんですよ」

「かなりくせのある本なので評価も分かれる」と弟は言うが、数十年にわたって学生に支持されてきたのだから、高い評価を得ていると言ってよいと思う。

紆《う》余《よ》曲《きょく》折《せつ》を好機に転じるパワー

弟は長年にわたって初等物理学教育に専心してきたが、そのスタートにおいては、順風満帆の人生というわけではなかった。

また、最初から教育界に活躍の場を求めていたわけでもなかった。

弟は第二次世界大戦が終わったとき、陸軍経理学校で学ぶ士官候補生だった。陸軍軍人になるつもりだった。

当然ながら、終戦とともに退学となった。

そこで大学を受け直すことになったが、このときに、ちょっとした紆《う》余《よ》曲《きょく》折《せつ》があり、けっきょく、早稲田の第一高等学院理科に進学した。これは弟にとって、人生の大きなターニングポイントになった。

その後、事業に興味を示し、会社を興《おこ》したりして血気盛んだったが、なかなか手こずっているところにもってきて過労がたたり、弟はとうとう、腸閉塞《ちょうへいそく》という病気で入院してしまった。

私たちの父親もそのころに亡くなっており、弟にとって本当に辛い時期だっただろうと思う。

入院中に、弟の体調を懸念した医者に、「前田さん、教員免許状をもっているなら、田舎の学校の先生にでもなって養生したほうがいいですよ」と勧められたそうだ。

そこで弟は、東京都ではいちばん西にある都立高校で物理を教えることにした。そして、これがきっかけで、初等物理学教育の世界に入っていったのである。

人間万事塞翁《さいおう》が馬である。人生何が幸いするかわからない。

弟の場合も、陸軍軍人になる夢を捨て、東大の文科に進学するはずが早稲田の理科へ、そして会社経営者から高校の教師を経て初等物理学教育者へといくつか紆余曲折はあったが、今になって思えば、それがよい結果に転じている。

しかしまた、紆余曲折を好機に転じるパワーを弟がもち合わせていたからこそ、充実した人生を送ることができているのでは、とも思うのである。

「仕事人間」弟の人生の楽しみ方

弟は七十五歳をこえてからも、ほとんど毎日、仕事の予定が入っているそうである。大学受験予備校の講師を引き受けるかたわら、出版社から頼まれた参考書の執筆にも追われている。

忙しいことこのうえないだろうと想像するし、これじゃあ、自分の時間なん

てないのではないかと思うが、

「そこはほら、ぼくは仕事は好きだけれども、そのほかに、自分の人生を自分なりに楽しみたいという生き方があるから」

と弟は言う。

「だって、働くだけじゃ面白くないもの。仕事が忙しくたって、自分は自分で好きなことをやりたい。自分の好きな音楽に親しんだり、頭を自由に解放して好きな小説や哲学書を読みたい。それから交遊関係でも、自分の好きな人間と大いにしゃべりまくりたい。そうでなくちゃ、生きている甲斐がないでしょう」

そして、さらに、

「仕事は大事だけれども、毎日毎日のお勤めだけで、もう疲れ果てたなんてイヤなこと。そりゃ、人間だからね、日常のいろいろなこと、たとえば親兄弟や家族や、ぼくにすれば前田家のことや一族のことを考えるけれど、そういうことだけにかかずらわって一生を過ごしたくはない」

とも言っている。

弟がよく話す逸話《いつわ》がある。

昔、ある武士が仕事で長路《ちょうろ》の旅をしていたとき、忙しいさなかに、一服《いっぷく》のお茶をたてた。

同僚の武士が「そんな呑気《のんき》なことをしている場合ではないでしょう」と言うと、「これもそれがしの一日《いちじつ》でござれば」と言って、ゆっくりと飲み干したそうである。

「そこなんだよね」

と弟は言う。

「時間は少なくても、質の深い生き方をその中にちりばめていくのが、大事なことだとぼくは思う。ぼくは結構時間に追われている人間なんだけれども、時間に追われるのと、精神的に追われるっていうのは、本質的に話が違うわけだから」

さて、いかがだろうか。弟のこの話、大いに共感するという方も多いのではないかと思う。

弟のこうした考えと私の考えは、不思議と似ている。

ただ流されて、日々の人生を送るのはつまらない。

自分の意志で楽しみを見つけ、楽しむ時間を工面するところに人生の醍醐味《だいごみ》があると、私は思うのである。

私は長唄、弟はショパン

弟は、ピアノを弾くのになかなか熱心である。

ショパン、モーツァルト、シューベルトなどのピアノ曲の中で、やさしくてリリカルな曲を、今も一生懸命練習している。

今の時代のように、小さいころからピアノのお稽古《けいこ》に通っていたわけではないのだが、終戦後、陸軍軍人になる夢を捨て理工学部の学生になってから、ピアノの個人レッスンを受けはじめた。

以来、脈々と練習を重ね、今でも、ハノンやツェルニーやモシュコフスキーなどの技術教本で毎日指を動かすことを怠《おこた》らない。

もっともピアノを弾くのは、仕事を終えて家に戻り、ひと息ついたあとの夜の十二時ごろ。周囲に迷惑をかけるといけないからと階下のピアノは弾かないで、寝室に置いてあるクラビノーバで、ヘッドフォンをつけて練習しているようである。

「三十分くらいだけどね。毎日弾いていないと指が動かなくなるから」と弟は言う（指を動かすのは脳の刺激にもなるそうだから、ボケ防止にもちょうどよいだろう、と私は思う）。

さて、弟のこうした音楽好きは子ども時代に培《つちか》われた。

私の実家は、居間に蓄音機が置いてあり、父親が買い求めたレコードの中にクラシックの名曲が何百枚もあった。私も弟も、それらのレコードをよく聴いたものである。

かくいう私も、娘時代には楽器が弾きたくて、ロシア人について勉強したというバイオリンの先生を見つけ、習いに通ったものである。

かなりの名器と言われるバイオリンを購入し、心底打ち込んでいた。ベートーベンの「スプリング・ソナタ」など難なく弾きこなせるくらいに腕も上達したが、結婚してやめてしまった。

私の夫は日本趣味で、バイオリンが嫌いだったのだ。

それでは仕方がない。夫が好きなら、月謝を払い、遠くまで習いにも行けようが、気に入らないではよくない。というわけで、「亭主の好きな赤烏帽子《えぼし》」とばかり、私は長唄と三味線を習いはじめた。

バイオリンを三味線にもち替えたわけである。

長唄と三味線はずいぶんと長いこと続け、夫が亡くなってからも、勤めのかたわら習いに行っていたほどである。まあ、私は弟ほど気が長くないのか、長唄も三味線も途中でやめてしまったが。

そういえば、弟が都立高校に勤めはじめたころ、ふと思いついて、ハイドンのバイオリン・ソナタの楽譜を弟に送ったことがある。「この曲を練習しておいてね。そのうちに合奏しましょうよ」というわけである。

けっきょく、その話は立ち消えになってしまったが、バイオリンの調べは、今思い出しても懐かしい。

音楽を自分で奏でる楽しさは、やってみなくてはわからない。しかも上達しなければ、好きな曲を弾きこなせないわけだから、ひたすら練習する必要がある。だから、根気がいる。

しかし、根気よく続けていればやがて、自分の気持ちを曲の調べにのせて解き放つ「このうえない楽しみのひととき」が訪れる。

弟のように、深夜のひとりの時間にひそやかにピアノを奏でるというのも、なかなかおつなものである。

「六十の手習い」という言葉もあるくらいで、習い事は、いつはじめても遅くはない。

かねてより、何か楽器をやってみたいものだと思っていた方は、さっそくチャレンジしてみてはいかがだろうか。

知識の泉は汲《く》めども尽きない

勉強するのは楽しいことである。

こんなことを言うと、

「勉強のどこがそんなに楽しいのでしょうか。学生時代、勉強が苦手で苦労したものでしたけど」

と首をかしげる方も多いと思う。

私は、昭和初期の娘時代に、親元を離れ京都にひとりで下宿して、官立女子専門学校に通ったくらいの勉強好きだが、そうでなくたって、学ぶことは充分に楽しいと断言できる。

学生時代の勉強が面白くないのは、あてがいぶちの勉強だからである。

いつでも目の前に課題があり、「さあ勉強しなさい」とさまざまなテーマが用意されている。勉強というものは、自分の意志で取り組まないと面白さはわからないのに、「やらされている」という感覚が先に立つ。へっぴり腰になりながらノートを開いたって、本当の面白さはわからない。だから、勉強が嫌いになってしまう。

しかし不思議なもので、「社会人になってから、自分が好きな分野のことをもっと知りたいと思って勉強をはじめると、これが楽しくて仕方がない」というのは、ままある話である。

「勉強？」なんて顔をしかめずに、だまされたと思ってとりあえずはじめてみてはいかがだろうか。もちろん多少の克己心《こっきしん》は必要だが、のめり込むと、こんな面白いものはない。

私は六十五歳で勤めていた会社を退職し、いよいよ年金暮らしをはじめるとき、これから打ち込めるのは勉強しかないと思い定めた。

今まで一日のかなりの時間を仕事にかけていたのだから、仕事に代わるものを探さないと時間をもて余してしまう。

そこでさっそく、池袋にあるカルチャーセンターで、『源氏物語』の講座に通いはじめた。

また、お茶の水の湯島聖堂で開講されている中国哲学・中国文学の講座にも、のめり込んだ。

私にとっては勉強は大いなる退屈しのぎだったのだが、おかげで、これまでずいぶん豊かな時間を過ごすことができたと思う。

勉強は楽しい。

時間をかければかけるほど、知識を積み重ねれば積み重ねるほど、頭の中で新しい世界がぐんぐん広がっていく。

過去の人たちが積み上げてきた英知にふれ、さまざまな考えや知識を共有させてもらっている、という実感がある。

勉強に打ち込めば、普段の細々《こまごま》した日常とは、がらりと趣《おもむき》を違《たが》えた世界が見えてくる。

その楽しさを、私の弟もよく知っている。

学生のころからカント、ヘーゲル、ヴィンデルバントなどのドイツ哲学にのめり込んだ弟は、大学の側《そば》に住んでいたドイツ人に個人教授をお願いし、ドイツ語を学んだ。

そうとう根《こん》をつめて勉強したらしく、今でも日常会話程度なら話せるし、ドイツ語の原書で、専門の物理学書のほか、哲学書や文学書を読みこなしている。この間もトーマス・マンの『ブッデンブロ一ク家の人々』を読み終えたばかりだと

話していた。

忙しい弟のどこにそんな時間があるのかと思うが、電車の中や空き時間、はたまた家に帰ってから、少しの時間を工面して読むのだそうである。

「こういう本を読んでいると、なんとなく、今の世の中を超越しているような気がするんだよね」と弟は言う。

「吾人《ごじん》はすべからく現代を超越せざるべからず」

という、倫理学者であった高山樗牛《たかやまちょぎゅう》の言葉があると弟が言っていた。

確かに、勉強によってもたらされる「日常生活を超越した次元に遊ぶ楽しさ」は、また格別だと、私は思うのである。

人づきあいの仕方は正反対

私と弟は、性格がよく似ていると、娘は言う。

ところが、人づきあいに関しては、一八〇度といってよいくらい違っている。

私は何度も言うように、人との交際は基本的に好きではない。

女同士のおしゃべりは、「誰それがどうした」という話ばかりで、そんな話に時間をかけるのはもったいないと思う。

井戸端会議などとんでもない。

だから、ご近所づきあいもとくにしないし、友人は厳選して、これぞと思う人とのみ、おつきあいをさせていただく。

ところがこの年になると、そういう数少ない友人もたいてい亡くなっているので、おのずと交際範囲も限られてくる。

弟は言ってみれば社交家である。いろんな人たちとつきあいがあるようだ。仕事が終わってから、大学生の生徒たちや、昔の生徒たちといっしょに飲んだり食べたりして騒ぐことも多い。

昔の陸軍経理学校の仲間や、中学、高校、大学時代の仲間、そして予備校の仕事関係のつきあい。昔からつきあいのある出版社の社員などともよく飲むことがあって、ときには愚痴を聞いてあげることもあるそうだ。

かくして、弟は、人ととことん話をする。それが楽しみになっている。

かといって、自分の時間も確保しているのだから、そこらへんの切り替えがとてもうまいに違いない。

かてて加えて、弟は前田一族の会（家紋から名前をとって「加賀前田梅鉢会」という）の世話人まで引き受けている。金沢に出かけていって、家老の会に出たりもしている。

こうなると、もう私とは水と油ほども違うが、まあ、前田家の跡取りであるし、女性と男性の違いということもあるのだろう。

弟は、こんなことも言っていた。

「ぼくは若いときからいろんな面で苦労してきたから、人に合わせることの大事さが身にしみている。利害や打算を考えて、適当にやらざるを得ないこともありますよ。お姉さんみたいに歯切れよくやれればいいと思うけれど、計算しちゃうんだよね。やっぱりここは多少ぼかして婉曲《えんきょく》にやっていこうと、つい考えちゃう。それに、ぼくは気が小さいせいか、人の感情を害しちゃイヤだなと、つい思っちゃうんだよね」

人も、人生もそれぞれである。私がとやかく言うことでもない。

人とのつきあいが楽しいのなら、それもまたよし、である。

大いに飲み、食べ、かつおしゃべりを楽しむのがよろしかろうと、私は思っている。

第６章

お洒落をするのも“気合い”です

女は死ぬまでお洒落でなければ

最近でこそ、若い男性が髪を染め、アクセサリーをつけてお洒落をする姿を見かけるようになったが、そうは言ってもやはり、お洒落を楽しむのは女の特権である。

思い思いのヘアスタイル、洋服、お化粧、アクセサリー……。女と生まれたからには、自分の魅力を発散させるような、自分なりのお洒落を楽しみたい。

人の真似をすることはない。

派手すぎるのではと、誰に遠慮することもない。どんなにお洒落をしたって、税金がかかるわけではないのである。自分の人生だもの、自分の物差しにのっとって、好きなようにお洒落をすればよい。

お洒落は生活を彩《いろど》る大切な要素である。

お洒落をすれば、不思議と元気が出てくる。

元気が出てくるから、気持ちが外に向く。

いつまでも、「あら、お洒落ですね」と誉《ほ》められるような女でありたいと、今でも、私は思っている。

「女」であるという気持ちをいつまでも忘れずに、よい意味での女らしさを外に向かって発散させたいものである。

「お洒落している」という浮き立つ気持ちが大事

娘時代の私は、お洒落を思いっきり楽しんだものである。経済的に困らない家庭だったこともあり、着物でも洋服でも気に入ったものを好き放題、贅沢三昧《ぜいたくざんまい》に着こなしていた。

そして、こう言っては何だが、男性にもよくもてた（ちなみに女と生まれたからには、いくつになっても男性にもてなくてはウソだと私は思っている）。

最近になって弟から聞いた話がある。

以前に、私の妹が話していたそうだ。

娘時代に妹がデパートで買い物をしていると、女性店員たちが「ちょっとちょっと、素敵な人が歩いてくるわよ」と声を潜《ひそ》めて言葉を交わしたそうである。どんな人なのかしらと思って、妹が女性店員たちの視線を追ったところ、私が妹を探して歩いてくる。

「なんだ、お姉さんじゃないの」と思ったが、何かと客の品定めにうるさい女性店員に素敵だと言われるなんて、ちょっとしたものだとも思ったということである。

自慢話をしているようで恐縮だが、そういう話を聞くと、まんざら嬉しくなくもない。

さて、私は自分でもお洒落だと自負していたが、国家公務員の夫と結婚してからは、そう贅沢もできないので質素を心がけていたし、夫と死に別れて経済的に余裕がなくなってからは、好き放題の買い物など、いよいよ昔の話となってしまった。

私は、経済的な理由で、五十歳になってから、生まれて初めてOL生活をスタートさせたが、とにかく毎日のことなので、着て行く服に困った。

洋服を新しく買いそろえる余裕などない。着物ならたくさんもっていたので、港区三宅坂のオフィスに通うのに、着物で通すこ

とにした。着物を着た五十過ぎのＯＬである。少々目立ちはするが、そう悪くもない。

ところが、いくら着物をもっているからといって、十五年も勤めれば新調しないわけにはいかない。おまけに、私はとっかえひっかえ着るのが好きである。いつも同じ着物を着ていくなんて、つまらない。

そこで、お金がないのなら、自分で縫えばよいと考えた。そして、安価なウールのモダンな着物地を買ってきては、毎日のように自分で縫って、着物をこしらえた。

矢絣《やがすり》の模様や、はっきりした色使いのものなど、華やかで派手なものが私の好み。

一重《ひとえ》の着物なので裏をつけるわけではなく、浴衣《ゆかた》を縫うのと変わらない。なあに、簡単である。

仕立てたばかりの新しい着物を着ていっては、「おや、似合いますね」などと誉められ、ちょっとよい気分だったことを覚えている。

その話をすると、私の知り合いは「よく着物が縫えましたね」などと感心する。

実は娘時代、私の母親が出入りの仕立屋に頼んで、私を二年間ほど和裁の勉強に通わせたのである。そのときはよもや、将来自分の着物を自分で縫うなんて考えてもみなかったが、技術があれば、いつ何どき役に立つかわからないものである。

ちなみに、お料理に関しては、私は結婚するまで、ご飯を炊いたことすらなかった。結婚して、「さて、どうしましょう」と思ったが、できないものは仕方がない。実家のすぐ近くに新居を構えていたので、しばらくは、実家のお手伝いさんを借りて料理をつくってもらっていた。

まあ、その気になって精進すれば、そのうちにはやり方を覚える。だから私もやがては、当然、自分で料理するようになったのではあるが。

さて話を戻すと、何にしても、私はＯＬ時代、自分で縫ってでも新しい着物をどんどん着たいと思ったわけである。

少ない着物を着回すなんてとんでもない。お金がないなら、お金がないなりにお洒落をしたい。

要するに、お洒落は気合いなのである。

年齢を重ねるにつれ、もう年だから着るものには関心がない、手持ちのものを順繰りに着ていればそれでよい、という人もいるかもしれない。

しかし、それではつまらない。

いくつになっても、自分のできる範囲でお洒落をするのが、女の心意気だと私は思っている。

派手な色でかまわない

私は昔から、地味な色の服はあまり好きではない。

華やかなイメージの服が好き。言ってしまえば、派手好みである。

娘などは、私の服を見て「派手ねぇ」と、しょっちゅうあきれている。

私は、子どものころから紫色が好きなので、自然と藤色や紫色の服を選ぶことが多い。

また、年を取るにつれピンク色も好きになったので、部屋じゅう、ピンク色だの紫色だの、はたまた光る素材やシースルーのものなど、派手な服があふれている。

私は、「自分の好みのものを着ればよい」という主義である。似合う、似合わないなど気にしない。お気に入りの派手な服を着ていれば、至極《しごく》ご満悦《まんえつ》である。

老人は地味で上品な服を選ぶのが一般的とされるようだ。しかし、若い人なら、地味な服を着ても、それがかえって若さを引き立てるようなところがあるが、老人の場合は、地味な服を着ると、さらに老け込むばかりである。

なにも、年を取ってまで、既成の概念にとらわれることはない。

自分の好きな服を着れば幸せだし、それがお洒落の醍醐《だいご》味《み》。

だからその際、身につける色は派手な色で、いっこうにかまわないのである。

男性もいくつになっても お洒落心を忘れないで

何だかんだ言っても、お洒落の基本は清潔で衛生的であること。これが大前提だと思う。

若者の間では、朝に髪を洗うのはもはや常識だという。私たち高齢者も見習いたいところである。

かくいう私は、朝に夕にお風呂に入るのが、かねてからの習慣。

朝起きていちばんにお風呂に入り、髪も何もかも、いっしょの石けんでジャブジャブ洗う。さっぱりして、一日がはじまる。夜は夜で、一日の汗を流して布団に入る。入浴のたびに、きちんと洗濯した衣服を身につける。だから、清潔で衛生的なこと、このうえない。

さすがに九十歳をこえてからは、一日一回、お昼にのんびり入浴というふうに生活習慣が変わってきたけれど、お風呂に入らない日があるなど、考えられない。

年を取ると入浴が億劫《おっくう》になって、一日おきか二日おきにしか入浴しないという話をよく聞くが、それでは身だしなみを整えるのは困難ではないかと思ってしまう。

また、私がいたって健康でこれまで病気らしい病気をしたことがないのは、この毎日の入浴習慣も一役かっているようにも思う。

とくに、男性のお洒落は、清潔で衛生的であることに尽きる。

男性が目立たないところでお洒落をしているのを見ると、その人の品性がうかがわれて好もしい。しかし、清潔で衛生的であれば、それでも充分である。

整髪料のつけすぎ、汗くささ、肩のフケやツメの伸びすぎ、寝癖のついただらしない髪の毛。そういう男性は、考えただけでも閉口させられる。

「お風呂は嫌いだ」と豪語する男性もいるようだが、とんでもない話なのである。

逆に清潔さを根本におくと、いやらしくない若さがよみがえる。

つねに身ぎれいにして、人に不快感を与えないこと。

自然流に勝《まさ》るお洒落はないのである。

私のメイクは自然流

五十歳を過ぎたからといって、お洒落のやり方が変わるものではないが、ただ若い人のようにこってりしたお化粧はやめたほうがよいと思う。

年齢に応じて、「さりげない」お化粧の仕方にだんだん変えたほうがよい。

私はもともと厚化粧は好きではない。

朝、お風呂から出てきたら、まず化粧水とクリームをつけて、粉おしろいをはたくくらいである。それから、眉を描いて、ほお紅をつけ、口紅を塗る。

いたって簡単ではあるが、自然な感じがよいと思うから、これで充分なのである。

洋服は、若いころよりも派手なものを選ぶのがよいと思うが、五十歳ぐらいを過ぎてからのお化粧は、若いころよりもかえって控えめにしたほうが無難だと思う。

ヘアスタイルは女らしく

若い女性は匂い立つような女の香りがあるから、髪を短くしていても、充分に美しい。ところが、老いさらばえてから髪を刈り込むと、男か女かわからない情けないことになってしまう。

年を取ったら、女らしい髪型を心がけたほうがよいと私は思う。

さて、この間、私のヘアスタイルが素敵だと誉められたので驚いた。というのも、私の髪の毛は、ちょっと困りものだからである。

髪の量がいたって少なく、ボリュームがまったくない。おまけに、細い猫の毛のような柔らかさなので、格好のつけようがないのである。

そこで、ボリュームを出すために、年に三回ぐらいパーマをかけるが、あまりかけ映えのしない頭である。

しかし、パーマのかかり具合がゆるいうえに、洗ったら櫛《くし》でといてそのまま乾かすという自然流のヘアスタイルが、かえって私を若く見せているようだ。髪の長さはあごのラインくらいにしてもらうが、いつも実年齢より二十歳ぐらいは若く見られるのだから、嬉しいことこのうえない。

昔は、同じ値段を払うならと、日本橋三越や新宿伊勢丹のデパートの美容室に時間をかけて通ったものだった。しかし、今は美容師さんたちの技術レベルも全体的に向上して、近所の美容室でも上手にカットやパーマをしてくれるので、そこでお願いしている。

私の髪と肌年齢は二十歳若い!?

髪の毛についてさらに言うと、私は生まれてこのかた、髪を染めたことがない。

八十歳くらいまでは、染めなくても黒々としていたし、九十歳をこえても、七割方は黒い部分が残っている。

肌も、「そのお年にしては、まるでシワがないですね」とよく誉められる。これは、生まれつき原始人のような丈夫な体質のおかげと親に感謝するとともに、次の章で少し詳しく述べるが、やはり、長年にわたり自分を律してきた、健康な生活のたまものではないかとも思うのである。少なくとも、肌に関しては、そう言えると思う。

お洒落というのは、体の外側だけでなく内側、つまり日ごろの生活習慣や体調も関係してくるものである。

健康だからこそ、いつまでも溌剌《はつらつ》として明るい雰囲気を醸《かも》し出《だ》すことができる。

健康だから、髪のつやも失われないし、肌の張りもよい。

そのことを念頭に置いて、いつまでもお洒落であるためにも、健康を保ち続けたいと私は思うのである。

出かけるときはマニキュアするのを忘れない

私は九十歳をこえた今でも、外出するときはマニキュアをつけている。

娘などは、「マニキュアもだんだんめんどくさくなって、最近じゃ、あんまりつけないわよね」と、友だちと話しているそうである。

私は、爪の色をおぎなう意味で、マニキュアをつけるのが昔からの習慣だから、それを今でも続けている。

マニキュアはもちろん自分で選びに行く。

数年前までは、フランスのコティというブランドの化粧品を愛用しており、そこのマニキュアを買うことが多かったが、今は日本のメーカーのものを愛用している。

マニキュアの色は、なるだけ爪の色に近いピンク系のものを選ぶ。

薄い透明のピンクや、ちょっと濃いめのピンクなど思いついたように買うから、マニキュアもいくつか色がそろっている。

マニキュアを塗ったあと、自分の手がお洒落に見えるのが嬉しい。

基本的な身だしなみのつもりだが、手元が少しだけ女っぽく感じられるのは気のせいではないと思う。

マニキュアをつけることなど、とうに忘れてしまった人や、マニキュアを塗ると爪が息苦しい感じがするからイヤだ、という人もいるかもしれない。

人は、それぞれである。

しかし、ときには爪のお洒落をするのも、また気分が変わって楽しいものである。

「ちょっと贅沢かな」と思っても、気に入った服は買うべし

私は服を選ぶとき、気に入ったものがあればさっさと買うほうである。

娘などは、買おうか買うまいかその場でさんざん迷ったあげくに買わないで

いて、あとで、「やっぱりあの服買うわ」と言い出す始末。なかなか決心がつかないタイプである。

この間は、知り合いの若い人が、夏のクリアランスセールで一日中デパートを回ったあげくに、何も買わなかったと嘆いていた。

「だって、似合わないんですもの」と弱気なことを言っていたが、お洒落をするのに、そんなにうじうじしていては駄目である。

私は、似合うも似合わないも、いいと思えば買ってしまう。

要は、似合わせればよいのだ。

女なのだから、そのくらい自信がなくては、と思う。

お洒落するときには、そのくらいの強気でちょうどよい。

もっとも私の場合、巣鴨のとげ抜き地蔵や浅草の観音さまにお参りした帰りに、巣鴨や浅草の商店街で、また、渋谷にある東急百貨店本店のトーキュウの日（つまり毎月十九日のバーゲン）などで、何だかんだ気に入った服を買いますぎた感もある。衝動買いと非難されても仕方がない。

娘からは「こんなに買い込んで」と、お小言をちょうだいする始末である。

娘は、

「もう年なんだから、今まで買った服を順繰りに着ていればいいんじゃない。なにも、これ以上買わなくたって」

とあきれる。

そんなとき、私は、

「私にも未来があるんですからね、そうはいかないのよ」

と答えることにしている。

今では、ひとつの部屋いっぱいに洋服が詰まっている（といっても、安価な服ばかりだ。たとえ無理をして高価な服を買った

としても、高級服を着て出かける先もないのだから、それで充分なのである)。

しかし、おかげで、私のお出かけのファッションはトータルコーディネートである。

ある日は、モスグリーンのベルベットのワンピースに、緑色の派手な柄のジャケット、濃いグリーンのイヤリング。

またある日は、藤色のパンツに藤色の靴、紫色の水玉の柄が入った薄紫色の薄手のセーターに、淡い藤色のシースルーのジャケットと藤色でそろえ、「あら素敵ねぇ」と誉めていただいた。

私は家にある服を、「今日はこれとこれを着ましょう」と組み合わせているだけなのだが、山ほど服があるから、選ぶものにはことかかない。

私ほど買い込むのも何ではあるが、やはり、お洒落をするためには、ある程度は服をもっているほうがよいと思う。

もちろん財布と相談のうえだが、普段から、気に入った服は買っておくにこしたことはない。「ちょっと贅沢かな」と思っても、買えないほどでもないのなら、思いきって買ったほうがよい。

いざとなって着ていく服がない、というのは情けないではないか（そんなときに慌《あわ》てて買い物をしても、これぞという気に入りの服はなかなか見つからないし、高い買い物になるのがオチである）。

こうして、どれを着ようかと服を組み合わせて楽しむだけでも、「ひとりの時間」は豊かに膨らんでいくのである。

第７章

「90歳まで病気知らず」は この健康習慣にあり

生活習慣病とは無縁です

長年にわたってひとり暮らしを続け、「ひとりの時間」を思う存分楽しんでこれたのも、丈夫な体があってこそと、私は、今さらながらに自分の健康に感謝している。

実はこれまでは、「健康なのが当たり前」と思っているようなところがあった。ところが、前述したようにこの春に体調を崩したとき、健康こそが、私の長年のひとり暮らしを守ってくれていたのだと、切実に感じたのである。

体調が悪いと、何をする元気も湧いてこない。気持ちも今ひとつ盛り上がらない。私などは青菜に塩で、まったくだらしがなかった。

もともと頑健にできているので、まもなく元通りの健康な生活に戻ったが、考えてみると、年を取れば、生活習慣病の一つや二つ、抱えていてもおかしくはないのである。

糖尿病や高血圧などのさまざまな生活習慣病は、その呼び名の通り、生活の仕方に原因があるそうである。

そこで、生活習慣病とはまるっきり無縁の私の健康生活について、ここで少しお話しさせていただこうと思う。

前著『50歳からの満足生活』と内容が重複する部分もあるが、皆さまの健康のお役に立てれば幸いである。

どこへ行くにも、よく歩く

まず、私がいつも元気でいられるのは、女学校時代にランニングの選手としてならした健脚《けんきゃく》のおかげであると思う。私は、北陸の金沢の町の秋期運動会で、トラックの種目はすべて一位という、誇らしい記録をもっている。

だから、フットワークのよさには自信がある。

五十歳を過ぎてからも、相変わらずその健脚が自慢だから、どこへ行くにも、とにかくよく歩いた。駅の階段でも、だらだら坂でもものともせずに、早足でスタスタ歩くのである。

十五分や二十分の距離を歩くのは、どうということはない。車も自転車もない生活だから、手近な交通の手段は自分の脚だ。

健康のために時間を決めておこなう、今流行《はや》りのウォーキングとは違って、私の場合、歩くのは実利一点張りの習性である。が、それが功を奏して、体にはまことによい結果をもたらしてくれたと信じている。

それに加え、会社勤めをしていたころから、自治体やカルチャーセンターが主催する社交ダンスの教室に通って、社交ダンスの練習を続けた。前に後ろに、曲のリズムに乗って動き回るのはとても心地よく、これまた、よい運動になった。

そんなわけで、夜は布団に入ればすぐに熟睡する。朝の目覚めも快適。体の調子は、いつもすこぶるよいのである。

〝赤玉ポートワインとサイダーとカルピス〟の特製ドリンク

赤玉ポートワイン（昔はポートワインだったが、今はスイートワインと改称されたようである）を自己流にアレンジした特製ドリンクもまた、私の健康の源である。少なくとも、私はそう思っている。

もう、二十年ほども前の話であるが、私が通った京都の官立女子専門学校（現在の京都府立大学）の同窓会に出席したことがある。そのときに、先輩のお母さまが百六歳まで生きられ、その方が毎日、赤玉ポートワインを飲んでいらしたという話を聞いたのである。

私は「しめしめ、長生きの秘訣はこれだな」と得心。その方にあやかって、以来毎日、赤玉ポートワインを飲み続けている。

私の特製ドリンクは、まずコップの縁までいっぱいに氷を入れ、そこに赤玉ポートワインとサイダーとカルピスを等分に注ぐのである。

いちど試してみたら美味《おい》しかったので、それ以来、やみつき。毎日、朝も昼も晩も、この特製ドリンクをちびりちびりと飲む。

酒は百薬の長という。赤玉ポートワインのアルコールが血液の流れをよくしてくれると思うし、ワインに含まれるポリフェノールは動脈硬化やガンの予防に効果があるのだと思う。それから、カルピスに含まれる乳酸菌も体にはよいはず。

かくして、私は特製ドリンクを健康の秘訣と信じ、信じているからまた、体によい効果を及ぼすという好循環の中で、今も特製ドリンクをちびりちびり飲んでいる。

昼寝なし、夜九時就寝、朝五時起床で熟睡快眠

「体によくない」とわかっていることを続ければ、どこかに変調が現われても当然の結果である。

そういうのを不摂生と言うのだと私は思う。

健康であるためには、不摂生をしないのは当然である。

私は、タバコはもちろん吸わないし、アルコールは、前述したように赤玉ポートワインの特製ドリンクを少々たしなむ程度（一日に何度もちびちび飲むが）で、最近は日本酒なども飲むが深酒はしない。

さらに、六十五歳で会社を辞め、いよいよ気ままな年金生活に突入したとき、これまでの会社勤めの生活のリズムを、そのまま維持しようと自分に誓った。

そんなわけで、だいたい朝は五時に目覚め、夜は九時に就寝するという生活を、ずっと続けている。

三度の食事も、たいていは七時、十二時、夕方の六時と決まっている。

ぐずぐずしていると、時間はあっという間に経ってしまい、思わず十時、十一時、さらには深夜へと、寝る時間がすっかり遅くなってしまうのは、ありがちなことだろうと推測する。

私は、テレビはＮＨＫしか観ないのだが、そのＮＨＫにしても、夜の九時以降に面白そうな番組を組むことが多い。そういうのを観ようと思えば、寝る時間が遅くなるのは当然である。

現代生活は、気をつけなければ、深夜型になるようにできていると思う。

だから私は、「遅い番組は観ない」と自分を律する。

けっきょく、何ごとにも束縛されないひとり暮らしであるから、自分を律するのは、自分の意志だけなのである。

私は根がせっかちで、ぐずぐずするのが嫌いだから、夕食後は早々と片づけをすませ、NHKの七時のニュースを観てからお風呂に入り、九時には寝られる態勢を整える。

だから、寝る時間が、ずれ込むことはない。

毎日必ず九時に寝る習慣がついていると、よくしたもので、布団に入ると条件反射でスッと眠りに入ることができ、熟睡する。

だから、朝も、決まった時間にさわやかに目覚める。

夜の睡眠が充分に満ち足りているから、昼寝をする必要はない。

かくして、睡眠のリズムがつねに一定だから、疲れも残らず、私はいつも、いたって元気に暮らしてきたのであった。

ストレスがない生活

さまざまな生活習慣病の要因として、頻繁《ひんぱん》にあげられるものに、ストレスがある。

どうやら、ストレスは、目に見えないところで、私たち現代人の生活をむしばんでいるようである。

「その点」と自慢げに言うのも何ではあるが、私はまったくのストレス知らずの生活を続けている。

私が長年にわたって健康に過ごしてこられたいちばんの理由は、何といってもストレスがない生活だったろうと、つくづく思うしだいである。

ひとり暮らしをしていると、他人に合わせる必要がないので、ストレスが溜《た》まらないのはもちろんのこと。たとえ、自分にとってイヤなことがあっても、物事のよい面を見るようにして、気持ちを切り替えるから、ストレスとして残ることはない。

だいたい私のように、自分の思い通りに生きている人間にとって、ストレスなど無縁なのである。

考えても仕方のないことは、くよくよするのはやめ、スッパリと割り切るストレスなしの生活が、心身の健康にはかけがえのないものだと思うのである。

毎日牛乳を飲んで骨粗鬆症《こつそしょうしょう》知らず

最近テレビなどでよく取りざたされている病気に、骨粗鬆症《こつそしょうしょう》というのがある。

なんでも、カルシウムが長年にわたって不足するのが原因で（そのほか、運動不足とか、いろいろな要因があるようだが）、骨がスカスカになる症状であるらしい。

この間テレビで、骨がレースのようにスカスカになったレントゲン写真を観る機会があって、驚いた。

食事は健康の基本とは、昔から言われることではあるが、食事の偏《かたよ》りが、外から見ただけではわからなくても、体の中に悪影響を及ぼしているという事実を、この目で確認したわけである。

つね日ごろの食事がいかに大切かを、思い知らされた気がした。

さて、骨粗鬆症に関して言えば、私は何も心配していない。というのも、私はこの数十年にわたり、朝は牛乳を飲むという習慣があるからである。

私の朝の食事は、単純明快。いたってシンプルであり、大きなコップ一杯の牛乳と、バターを塗った食パン、そして季節の果物（私は苺《いちご》と巨峰が好きだから、出回っている限りは、どちらかの果物が食卓をにぎわすことになる）と決まっている。

ひとりの朝食をいろいろ整えるのはめんどくさいので、こういう簡単なメニューになったのだが、牛乳は総合栄養食品と言われるように、栄養価も高く、とくにカルシウムを摂れるのがよい。

牛乳を毎日飲む私の習慣は、結果的には大変よかったのだと、最近になって自負しているところである。

食事は好きなものを少しだけ

私は昔から少食である。健康のためには腹八分目くらいがよいそうだから、少食は私の健康のもとにもなっているかもしれない。

「最近はとくに少食だ」と娘が指摘するが、自分が使うエネルギーの分をおぎなうのだから、そのくらいでちょうどよいのである。

それでも、食事は楽しみでもあるので、好きなものを思いのままにつくっては楽しんでいる。

たとえば、我が家の小さな庭には、蕗《ふき》が植わっているのだが、春にはその蕗をぜんぶ採って、煮付けにする。

秋は松茸の季節で、私は松茸が好物である。だから娘が奮発して、たまにデパートで松茸を買ってきては、冷蔵庫に入れておいてくれる。

私はその松茸を薄切りにして醤油《しょうゆ》とお酒にひたしておき、米といっしょに炊いて松茸ご飯にしていただく。
季節の旬の味をいただけば、少食でも満ち足りた気分になる
私がつくる料理で娘がとくに美味しいと誉めてくれるのは、おからの炒り煮。ゴボウや人参や椎茸のほか、あり合わせの野菜を刻んで、揚げやむきエビなどといっしょにおからと炒め、醤油とお酒とみりんでちょっと味をつけるだけのものだが。
気が向けば、こうした料理を一品ほどつくってご飯のおかずにするが、私の場合、食事はそれで充分のようである。

第８章

年を取るのは悦楽である！

年金だけで充分に満ち足りた暮らし

五十歳で未亡人になってから十五年間は、小さな会社の経理事務の仕事をしてお給料をいただいていたが、六十五歳になると、いよいよ夫の遺族年金と私のわずかばかりの年金生活に突入し、いたって慎ましい生活がスタートした。

しかし、ものは考えよう。贅沢《ぜいたく》をしなければ、お金はそれほど必要ではない。女のひとり暮らしでは、食べる量もわずかだから、食費もそれほどかからない。

カルチャーセンターや自治体の講座に通っても、お芝居を一本観るのにくらべれば、その受講料はたかが知れている。

交通機関は、なるべく無料パスが使えるバスを利用する。

私はどちらかと言えば着道楽のほうだが、もともと安いところでしか服を買わないので、それほどもの入りなわけではない。

経済力の上限を自分でも心得ているから、贅沢などしたくてもできないが、上の生活を望まなければ、充分に満ち足りて生きていけるものである。

自分に合った生活をいつも考えていればよい。できない贅沢など考えないようにすれば、破綻《はたん》はない。

中には、経済力のなさを不運だと嘆いている人もいるかもしれない。

しかし、運というものは仕方がないものである。運命はさからいがたい。

まずは「あきらめる」という悟《さと》りの境地になることである。

そして、与えられた自分の境遇の中で最善を尽くせば、

それがいちばんの幸せだと思う。

以前、新聞に「老後の資金としてウン千万円は必要」という試算が発表された。しかし、私に言わせれば、とんでもない数字。まったくの取り越し苦労である。

そんな大金はまったく必要ではない。私は貯金もごくわずかしかない。もちろん、自分の家があって家賃を払う必要がなく、最低限の生活費が保障されているという条件つきではあるが。

私のように、老後の生活設計などまるで頓着せず、宵越しの金はもたない江戸っ子とばかりに、最初から蓄えなどまったくなくても、元気に暮らしている老人もいるのである。

貯金はなくても、住む家さえあれば

自分の住まいを確保するのは大切なことである。

もちろん、借家住まいの人もいると思うが、自分の家があればより安心。

借家住まいの場合、長年住み慣れて終《つい》の棲《す》み処《か》と思っていたところへ、大家さんが土地を売ったり、マンションを建てるとかで、立《た》ち退《の》き話が出たりする。

老齢になってからの引っ越しは、身にこたえる。

いずれにしても、自分の家があるのは、心の平安に通じる。経済的に不安に思うことがあっても、「家さえあれば」という気になるのである。

家をもつ財力があるうちに、少々頑張ってでも、自分の住む家をできるだけ確保しておきたい。

かくいう私も、夫の存命中は国家公務員の官舎住まいをしていたのだが、夫が突然亡くなって、その官舎を出ざるを得なくなった。そこで、いただいた退職金をぜんぶはたいて、最寄り駅からは徒歩二十分という不便な場所にある、三十五坪の小さな一軒家を購入したのである。

退職金は貯金しておいて、利子でアパートを借りたらどうかと忠告してくださる方もいたが、私は大家さんとごたごたするのがイヤだったので、狭くてもよいから自分の家がほしいと思ったのだ(もっとも、人生何が起こるかわからないものだ。二十年ほど前に、歩いて一、二分のところに地下鉄の駅ができ、我が家の交通の便は飛躍的によくなったのである)。

もう我が家を購入して四十年になる。

木造家屋なのでいいかげんガタがきているが、住み慣れた我が家はまことに居心地がよい。

外壁は自分が好きな淡い藤色のペンキを塗ってもらい、自分の好きなように使っている。

ごく狭いが、小さな庭もあって、春にはレンギョウ、小米桜《こごめ》、しだれ桜、山吹などの春の花が咲く。

夏には、ぐみの木が赤い実を枝いっぱいにつける。

都会暮らしをしていても、小さな庭で自然を感じてほっと息をつくことができる。私は自分の家があることを、しみじみありがたいと思うのである。

我が家のバリアフリーはお風呂から

我が家のお風呂は段差がかなりあった。心配だと娘が言うので、今年に入って風呂場を全面的に改装することにした。いわゆる住まいのバリアフリー化ということである。

その話をすると、一級建築士の免許をもち、住宅関係の情報などにも詳しい孫息子は、「高齢者だから、風呂場の改装資金の一部を区のほうで出してもらえるのではないか」と言う。

そこでさっそく区に問い合わせたところ、確かに私の場合は、浴槽の取り替えと風呂場の段差改修という名目で、かなりまとまった額を支援してもらえることがわかった。

自治体によって内容は違うようだが、このような役所のサービスがあるのは、まことにありがたい。

そんなわけで、この春に風呂場の改修工事を大工さん（前のほうで登場した、あのおじいちゃんである）にお願いしたのである。

私は木のお風呂が好きなので、サワラの木でできた風呂桶を注文した。そして、お湯を沸《わ》かすのは、これまでの点火式から給湯式に変え、風呂桶を半分ほど床に埋め込んで、段差を少なくしてもらった。

新式のお風呂は、慣れないうちは使い勝手があまりよくなかったが、手すりなどもつけてもらったので、湯船への出入りなど、確かに安心であった。

ひとり暮らしを続けるためには、なるべく便利な住まいがよい。

全面的な改修は難しくても、役所の支援サービスなどを視野に入れながら、できる範囲で住まいのバリアフリー化を心がけてはいかがだろうか。

いよいよ老いも本番

八十八歳のころ、本で私の健脚ぶりを知ったテレビ局の番組企画で、私の年齢分のハンディをつけた若い男性と短距離走の競走をする羽目になり一〇〇メートルを全力疾走したことがある。

そんなこともあったぐらいだから、自分は死ぬまで思いのまま自由に動き回れるだけの体力はある、と思っていた。

ところが九十歳をこえると、体がしんどい日もあるし、何かをはじめるにも億劫《おっくう》に感じるようになってきたのだから、驚きである。

まことにだらしがないが、それが老いというものだろう。

百歳になってもかくしゃくとしている人もいるのだから、人によって本格的な老いが訪れる時期は違うと思うが、老いは確実に訪れるということである。

まず老いを感じたのは、足もとがどうも危ないと思ったのが最初だった。外出するときは、杖《つえ》をたずさえることにした。

お風呂もこれまでは、朝起きたときと寝る前の一日二回は必ず入っていたのが、この春にお風呂を改装し、給湯式という、便利だが扱いなれない新型のお風呂になってからは、お昼に一回しか入らない。

私はいつも清潔にしていないと気がすまないので、毎日のお風呂を欠かすことはないが、気力が充実したお昼に入るのが、最近の習慣になっている。

体力が衰えてくれば、自分の老いを素直に受け入れ、自分の体調に合わせて生活を変えていくほかはない。私は、それはそれでよいと思っている。

自然の流れにしたがって自然体で生きていくのが、賢い生き方だと思うのである。

「老人」という呼び方を変えても中身は変わらないのだから

少し前のことだが、新聞に「『老人』という呼び方を変えて『功人』というのはどうだろうか」という内容の投書が載っていた。

以前から、「中年」を過ぎたら「熟年」というように、世の中やたら文字や言い方にこだわる傾向があるが、それが私には解せない。

なぜ文字、つまり呼び方にそれほどこだわるのかが、わからないのである。自然体に、すべてをありのままに受け入れる生活をしている私にとっては、文字もまたしかり。昔からの呼び方を、そのまま素直に受け入れるのみである。

今さら、名称を変える必然性はさらさらない。

老人は、それなりの人生体験も豊富なら、学識も備わっていて、見事な存在だと思うのである。

老人には、若い人にない素晴らしい内容が体内に積み込まれていて、それをアピールする義務すらある。

名称だけ変えても中身が変わるわけのないことを、じっくり反省したほうがよい。私は、そのうえで充実した老人像をつくり上げ、若い人の尊敬のまなざしの対象になりたいと考える。

「幸せになる力」はいつでも自分の中から掘り起こせる

私は、老いをしみじみ感じる年になってきたが、しかし年を取ることが残念だとも、寂しいとも思わない。

年を取るのは、私にとって嬉しいことですらある。

年齢を重ねるのは、それだけ経験の量が増えていくということである。こんな贅沢はない。

たとえば、時の流れを「今」という瞬間でストップさせたとすると、生まれたての赤ん坊よりは、九十歳をこえた私のほうが、さんざん生きて経験を積んだ分だけ得である。

そして、考えてみれば、人間は「今」という時間にしか生きられない。

ということであれば、今、この瞬間、すでに多くの経験を積み、「ひとりの時間」を存分に楽しんで生きてきたという事実をもつ老人のほうが、若い人よりもつねに得ではないだろうか。

年を取ることは、その「得」をさらに増やすことである。

だから、私は、年を取るのが楽しくて仕方がない。

私の葬儀に祭壇はいらない、死んだあとの法要も無用

前著『50歳からの満足生活』などにも書いたことであるが、私は自分のお葬式に祭壇はいらないと、娘夫婦に言明している。

以前におムコさんのおじ上が亡くなられたときのこと。私はこの際、自分の

葬式について希望を述べておこうと思い、娘夫婦にこう言った。

「私が死んだら、お棺だけは一つ購入してその中に納め、一本の花、一本の線香を手向《たむ》けてくれれば、それでいいのよ。お線香はお父さまのお仏壇の前にたくさんあるから、それを使って。祭壇なんてまっぴらごめんよ。あんなとこに写真を麗々《れいれい》しく飾られたら、また生きて帰ってきたくなっちゃう。お経も何を言ってるかわからないから、絶対にいらない。呼ぶ人はあなたがた夫婦と弟夫婦だけでいい。ただし葬儀がすんだら、町内会の役をしている人にだけは一報してね」

まあ、このようなことを話したわけである。

娘がこの話を納得してくれたかどうかは、今となっては心許《こころもと》ないが、しょせん死んだ人間にお金をかけても仕方がない。派手な葬儀などは、死んだ人のためというよりは、生き残っている身内の世間体を考えた愚行だと、私は思うのである。

また、葬儀はもとより、死んだあとの法要についても、私は無用論者だ。人間、生まれて死ぬのは当然の過程。死ねば万事終わりで、あとは何も残らないと私は考えている。

だから、周りの人間も、そう割り切って対処してくれればよい。法要を営んでもらっても、死んだ人間が生き返るわけではなく、周りの人の感傷が満たされるだけである。

義務感などにとらわれて、そんなものに経費と人手をかけるのは、いかがなものだろうか。

死んだ人間のことを本当に思うのなら、心の中につねに面影を追い求める、それだけでよいのである。

法要は物ではなく、心であることを思えば、いっさいの物は「無駄」の一語に尽きる。もっと「心」で人間に対処すべきであると思う。

だから私は、葬儀はシンプルに、法要はなしにして、心の中で私のことを大切に思い出してもらえれば、それでよいと思っている。

ただ、これだけはどうしてもやってほしいことが一つある。

お棺の蓋《ふた》を閉じるときに、もういちど生き返っていないかどうか、確かめてほしい。

また、生前の私を思い浮かべるときは、気難しい顔をした私ではなく、元気に笑っている姿を思い出してほしいものである。

死ぬことなんてこれっぽっちも考えない

死は、やがて誰にでも訪れるものである。

しかし私は、死ぬことなどこれっぽっちも考えないことにしている。

人間は死が訪れる瞬間まで生きているのだ。死は、その先にあるものだから、生きている私には関係ないと思っている。

もし、あと半年の命だと言われても、これは同じことである。

毎日充実して生きていればよい。今まさに生きているのに、死ぬことを考えても仕方がないというのが、私の考え方である。

私はこれまで、自分が生きたいように生きてきたのだから、死を迎えるにあたって人生の整理をする必要などないと思っている。

自分の日記や手紙なども、整理しようとは思わない。私が死んだあとに人が読んでも、私はすでにこの世にいないわけだから、どうということはない。別に隠したい過去があるわけでもない。

あまり難しく考えると、生きていくのがめんどうになるだけである。

さて、いよいよ病気になって入院が必要なら、私はすすんで入院するつもりである。

長年住み慣れた我が家で死を迎えたい、などという未練はない。最後は娘に看取《みと》ってもらいたいという感傷もない。

娘に言いたいことは、いつもそのときに言っている。したがって、とくに言い残すこともないだろうと思うのである。

私は、こんなふうにすべて割り切ってしまうので、何の屈託《くったく》もない。

自分の中に、自然に生きていく力がある間は生きるだろうし、生きていく力が衰えていけば、やがて消えていくのだろうと思う。それでよい。

いずれにしても、今は元気に生きているのだから、死ぬことなど考えたりはしない。生きている限りは、日々の生活を楽しむのみである。

毎日生きていることが楽しくて仕方がない

ひとり暮らしを続けている私のことを、これまでもつねに心配してくれた娘だが、私が高齢になってからはとくに、私の残された時間を、とても大事に思ってくれているようである。

お正月に娘がお年玉をくれたので、「お年玉ありがとうございました」というメモをテーブルの上に載せておいたのだが、娘はそのメモを大事にアルバムに挟《はさ》んでいる。

またあるとき、娘が泊まりにきた日、私が寝たあとで、テーブルに愛らしい花を活《い》けておいてくれた。

私は朝は娘よりも早く起きるから、花を見つけると嬉しくて、花瓶の横に、「テーブルの上に春がきた」というメモを置いた。娘はそのメモも大事に保管しているようである。

「お母さまの想い出が残るように、大事にとっておこうと思って」

と娘は言うが、そういう娘の気持ちは、しみじみ嬉しいと思う。

さて、このようにして、老いの日々は穏やかに過ぎていく。

私は以前よりは、家にいることが多くなったが、それでも毎日が楽しい。何が楽しいかといって、生きていること自体が楽しいのである。

これから、また、いろいろな体験を重ねていくのだろうと思うと、それも楽しみである。明日には何が起こるかわからない。どんなよいことが待ち受けているのかわからないのである。それを思うだけでも楽しい。

これからも、生きていることの幸せをかみしめつつ、「ひとりの時間」を豊かに楽しみながら、過ごしていこうと思う。せっかくもらった命なのだから、フルに活用して、悔いのない一生を送りたいものである。

生きている限りは、夢や希望を抱いて生きていこうではないか。

私は今、九十歳をこえた高齢ではあるが、同じ時間を共有する同時代人として、これからも、ときには新聞に投書をしながら、ときには日帰りバス旅行に出かけつつ、まだまだ元気にやっていると思う。

またどこかでお目にかかることもあるかもしれない。そのときを楽しみにしつつ、この辺でペンを置くことにしよう。

では、これにて、ごめんあそばせ。

おわりに…「何かいいことありそうな」といつも未来に希望をもって生きよう

娘がムコ殿に、「お母さまが今度また本を出すそうよ。いい本ができるといいわね」と言った。そのときのムコ殿の反応は、

「柳の下にドジョウは二匹いないものだよ」

という、少々つれないものであったそうだ。

それはそうである。私にしたところで、同じ柳の下に、ドジョウがいるという確信はない。しかし、ドジョウのほかの高級魚がいないという確信もない。

人生、すべてトライ。

どんな状況のときでも、明るい未来に心を向けることが大切である。私の信条である。

私はだいたいが呑気坊主《のんきぼうず》だから、人生を暗いものと思ったことはない。〝何かいいことありそうな〟と、つねに希望をもって生きている。

「あなたの側《そば》に行くと元気が移るから」と私の周りに寄ってくる人がなぜかたくさんいるのだが、そういう人に対しては、私のように前向きな気持ちになればすむのにと、いつも感じている。人に寄りかかっては、本当の幸せはないと思うのだ。

どう過ごすも一生と思えば、できるだけ明るく、楽しく思って過ごさなければ損である。

世の中には、人生はそれほど楽しくないと感じている人もいっぱいいると思うが、くよくよしても、よい人生になるわけではない。それなら、くよくよするのはやめて、前向きな考え方で生きたほうがよいと思うのである。

私が、そう思ってつねに元気に生活しているのは、本書にしたためた通りである。

気分次第でどうにでも変わる日常を、深くかみしめるべきだろう。

人それぞれの暮らし方はあるにしても、私の考え方や生活の仕方がお役に立てれば、幸せである。

直子様

毎日新聞に「おばあちゃんに贈りたい一品」として紹介された、〝福市だんご〟という大正元年創業の店のおだんごが美味しそうなので、明後日のお地蔵さまの日に行って買ってきます。昔ながらの味つけを変えてないというのが気に入りました。一本百円、焼きだんご、あんだんご、蜜だんごの三種がある由。八十歳になる夫婦がしていて跡継ぎはないそうで、週に三回しか売らぬ由。

『論語』のカルチャー教室に毎回何かしらくださる方がいて、九十歳の母上がいらっしゃるので、その方にも買ってきてあげるつもり。私もだんだん老人くさい趣味になりました。

あなたも元気で頑張ってください。

二月二十三日　富左子

〈コラム――娘へ宛てた手紙②〉

直子様

昨日あなたが電話で言っていた、「人生がつまらない」という話のことです。自分の人生の生き甲斐、楽しみを他人に頼って見出すことは怠け者のすることで、間違っています。その人がいなくなったら水の泡となってしまうからです。親子、夫婦、友人の絆は強そうでも、けっきょく、人間は孤独であり、自分しか頼るものがないと思うのが行き着くところではないかと思うのです。そうすると自分にすべての責任があり、自分で「人生何をなすべきか」考える必要があります。周りの他人は、親切な人ならば、その人に合いそうな生き甲斐を教えてあげることはできます。しかしあくまで他人ですから、本人の意向の隅々まではわかりません。よくて七分通りの意見だと思いますよ。

富左子

〈コラム――娘へ宛てた手紙③〉

直子様

人間は感情の動物ですから、ちょっとしたことでもいい刺激になり、楽しい生活ができると確信しました。できるだけ周囲の人たちと明るくつきあって、人とのいい環境をつくりたいとしみじみ思いました。
ただし精力に限りがありますから、身近の少ない人たちに限りますが。
あなたもできるだけ優しく周りの人たちに接してください。つきあいたくない人たちには笑顔を見せているだけでも、相手はあなたに敵意をもたないでしょう。

五月三日　富左子

本書は、小社より刊行した同名の文庫本を再編集の上、〈コラム――娘へ宛てた手紙〉を追加したものです。

50歳《さい》からの楽《たの》しい楽《たの》しい「ひとり時間《じかん》」

著　者――三津田富左子（みつだ・ふさこ）

発行者――押鐘太陽

発行所――株式会社三笠書房

〒102-0072 東京都千代田区飯田橋3-3-1
電話：(03)5226-5734（営業部）
　　：(03)5226-5731（編集部）
http://www.mikasashobo.co.jp

印　刷――誠宏印刷

製　本――若林製本工場

編集責任者　本田裕子
ISBN978-4-8379-2541-5 C0095